# 皮を剥く女

舘　淳一

幻冬舎アウトロー文庫

# 皮を剝く女

もくじ

# 第一章　闇の中の凌辱者

鳴海《なるみ》淑恵《よしえ》は、帰ろうとしたところを襲われた。

彼女は夢見山《ゆめみやま》小学校六年三組の担任である。国語の授業に使う教材をプリンターで印刷するのに手間どってしまい、校舎を後にした時、日はとっくに沈み、夕闇が濃くなっていた。

淑恵は自家用車で通勤していたし独身だったから、少しぐらい帰宅が遅れるのはいっこうに苦にならなかった。奉職して四年目、まだまだ教育に対する情熱は失《う》せていない。

教師用の駐車場には、淑恵の愛車である赤いアルトだけが一台、ポツンと残されていた。駐車場といっても臨時のもので、校舎の外壁に沿った空き地に砂利を敷き、十二、三台の駐車スペースをとっただけのものである。

このあたりは都心まで通勤するのに二時間近くかかるが、近年の地価上昇に伴い、東京のベッドタウンとして急激に人口が増えだした。少し前まではのどかな田園風景が広がっていた夢見山地区も宅地開発が進み、今では田や畑のほうが住宅の海にとり囲まれてしまった。

学区内の就学児童の数も鰻《うなぎ》のぼりに増え、過密状態を解消する校舎の増築工事が始まった。その工事のために、職員室の近くにあった駐車場は、一時的に体育館の裏手に移されてしまった。職員通用口からだと、校舎の裏手をぐるりとまわってゆかねばならず、雨の日などいささか不便である。

それ以上に、まだ独身の女教師が、日も暮れた時刻に人けのない場所を歩いてゆくこと自体、問題があったと言わねばならない。しかし、学校の敷地内でそういった事件が起きたことはなかったので、淑恵自身も完全に油断していた。それでも、どの窓からも明かり一つ洩《も》れていない校舎の陰となった濃い闇の中に、自分の愛車の形を認めたときは、やはりホッとする。足を早めて運転席のドアに近づいていった。

襲われたのは、ドアに鍵を差し込もうとした瞬間だった。

背後で砂利がきしみ、何かが動く気配がしたと思ったとたん、いきなり目の前が真っ暗になった。袋のようなものをスッポリと頭からかぶせられたのだ。

「あっ！」

驚きの声をあげたとたん、紐《ひも》が首に巻きつき、強い力で締めつけてきた。

「だ、誰か……！　助け……、ぐ……」

大声をあげようにも気管が押しつぶされてしゃがれた声しか出ない。背後の襲撃者は、淑恵が死んでもかまわないと思っているのか容赦なく力をこめてグイグイと締めあげる。必死になって喉首《のどくび》に食いこんだ紐を緩めようとしたが、頸動脈《けいどうみゃく》が圧迫されて意識がスウッと遠のき、全身の力が抜けた——。

周到に用意された襲撃だった。

襲撃者は女教師が帰宅しようとするのを物陰でジッと待ち伏せていたのだ。校舎と体育館の陰になっている駐車場は、襲うには絶好の場所だ。

彼は黒い布で作られた袋を用意していた。車のドアを開けようとした女教師の頭にかぶせた。それは目隠しのためでもあり、獲物の抵抗を奪う役目もはたした。

袋の口は巾着《きんちゃく》のように、紐で絞るようになっていたに違いない。襲撃者は狙いをつけた獲物が意識を失うまで、その紐を力いっぱい引き絞ってやればよかった。

——鳴海淑恵が意識を取り戻した時、その袋はすでに取り去られていた。とはいえ、何も見えないということでは変わりがなかった。

たぶん、安眠用にと市販されているアイマスクだろう、それが両目を覆っていた。口の中に柔らかい布が詰めこまれ、さらに紐で唇と頬《ほお》を割るように猿ぐつわを嚙《か》まされていた。二十七歳の女教師は、視力と声を奪われていたのだ。もちろん自由も。

固い床の上に敷かれたゴワゴワした工事用のビニールシートの上に仰向けに寝かされ、両手は頭の上のほうに伸ばされて両手首をしっかり縄でくくりあわされていた。

空気は澱《よど》んでいて、物音も聞こえない。どこか建物の中なのは確かだ。

(私、どうなってしまったの?)

起き上がろうとしたが、手首に激痛が走り、淑恵は思わず悲鳴をあげてしまった。手首をくくりあわせた縄の端は、何か固定したものに繋《つな》がれていた。これでは体を起こすこともできない。

さらに淑恵を狼狽《ろうばい》させたのは、意識を失っている間に、服を脱がされていたことだ。

その日、着ていたのは紺色のスーツに白いブラウスだったが、それらの衣服も、その下に着けていたブラ、パンスト、それにパンティまでも、すべて剝《は》ぎ取られていた。ただ、腰の回りにスリップがまつわりついているだけだ。ブラジャーを引きむしるとき、スリップの肩紐がちぎれてしまったに違いない。両方の肩も胸もまる出しにされている。

(なんてこと……⁉ 私、強姦《ごうかん》されるんだわ……!)

暗黒の中に捕らわれた女教師は、激しい恐怖に襲われ必死になって縛《いまし》めを解こうと暴れもがいた。もちろん無益な行動だった。

「うふふっ」

傍らで、誰かが含み笑いをした。パニックに襲われた淑恵のあられもない恰好《かっこう》を見て、声を出さないように注意していたのに、思わず噴き出してしまった——というふうな忍び笑いだ。

ギクッと淑恵の体がこわばった。

（誰⁉　そこにいるのは？）

空気が動いた。意識を失った彼女をここに連れ込み、服を剝ぎ取り縄で縛ったうえ、目隠しと猿ぐつわをほどこした襲撃者は、彼女の傍らでジッと待っていたのだ。獲物が意識を取り戻し、激しい恐怖にとらわれてパニック状態に陥るのを眺めるために。

（どういうこと……⁉　誰が……？）

淑恵の肌を冷たい汗が流れた。

パンティも剝ぎ取られているが、まだ犯されていないのは確かだ。

ただ女体に飢えただけの暴漢だったら、獲物が自分の手に落ちたらすぐに飢えを満たしにかかるだろう。縛められてぐったりと横たわり、どんな凌辱《りょうじょく》にも抵抗できない裸女を目の前にして、じっくりと待つ忍耐などあるものだろうか。

（なのに……）

この襲撃者は淑恵が息を吹きかえすのを待っていた。

女教師の胸にドス黒い恐怖が吐き気と共に渦巻き、喉からこみ上げてきた。猫に捕まって、いたぶりの時を待つ鼠《ねずみ》の恐怖。

「うふふ」

またひそやかな含み笑い。襲撃者はいつの間にかずっと近くにきていた。息が頰にかかるぐらいの近くに。全身に鳥肌が立った。

ぐいと乳房を鷲掴《わしづか》みにされた。

「う……！」

猿ぐつわの奥から悲鳴が洩れた。ねっとりとして冷たい、おぞましい感触。ゴム手袋をはめた手で玩弄《がんろう》しにきたのだ。

(何をする気なの⁉　犯すなら早くすませてちょうだい……！)

淑恵は声にならない声でそう叫んでいた。

もう一方の手が股をこじ開け、女の最も女らしい部分をなぶりにきた——。

# 第二章　新任教師まり子

八月の終わり、鮎川《あゆかわ》まり子は市の教育委員会から呼び出しを受け、夢見山小学校に補助教員として勤務できるかどうか打診された。

彼女は去年、東京の教員養成大学を卒業して一級の教員免状を得ている。県の教員採用試験にも合格した。ところが小学校の採用枠に空きがないため、ずっと待機させられていた。小学校の教員は志望者が多いので採用されるのはますます難しくなっている。採用試験に合格しても、多くは塾の教師、家庭教師などのアルバイトをしながら空きができるのを待たねばならない。ただ、教師が長期間休んだりすると、時間講師あるいは補助教員として教壇に立つチャンスが巡ってくる。

「産休か育児休暇の補助なんですか？」

二学期から年度末まで六年生を受け持ってほしいと言われ、まり子は訊《き》きかえした。これまで短期間だが二回、それぞれ別の小学校で時間講師をやらされた。どちらも担任を持っていた女教師が出産したからだ。家庭を持っている女教師の場合、産休以外に一年間の育児休暇が有給でもらえる。結婚して家庭を持っても女教師がなかなか退職しないのは、この制度によるところが多い。

「いえ、病気退職です」

担当者は書類をひっくり返してから答えた。退職したその女教師は二十七だったという。

(じゃ、よっぽど重い病気だったのかしら。気の毒に……)

まり子は同情した。小学校教員は年に三回の長期休暇があり、労働条件は他の地方公務員の羨望《せんぼう》の的である。年金なども充実しているので、すすんで辞めたいという教員は少ない。

＊

——夏休みが終わり、二学期が始まると同時にまり子は夢見山小学校に赴任した。

「いやあ、補助で来てもらって、まっすぐ六年生のクラスを受け持つというのもたいへんかもしれませんが、うちのほうの先生がたも、研修所に出向していたりで、とても余裕がなくてねぇ……」

人のよさそうな教頭が、始業式の後に受け持つことになる学級へと案内しながらしきりに言い訳した。聞けば前任者の鳴海淑恵という女教師は、一学期の半ばで急に病気休暇をとり、彼女が担任していたクラスは二か月近く教頭と時間講師が交互に受け持つという不規則な状態に置かれていたという。担任の中途変更というのは生徒にとっても父母にとってもショックなことに違いない。

小学校では、高学年になるにしたがって児童の問題行動が増え、教育方針をめぐっての父母と教師の対立も表面化してくる。つまり、六年生の担任は一番負担が重い。

「前の鳴海先生という方は、どういうご病気でお辞めになったんですか？」

まり子に尋ねられて一瞬、教頭は苦渋の表情を浮かべた。

「それがその……、実は精神的な問題でしてね……。いや、クラスに問題があったとかそういうことじゃなくて、まあ、真面目《まじめ》すぎたんでしょうな」

歯切れが悪い言いかたである。

「じゃ、ノイローゼのようなものですか？」

「そう、そう。そんなものです。五月の半ばすぎからどうも精神的にまいってきたらしく、突然前ぶれもなく休んだり、いろいろあってから辞めたいと言ってきたんです。二十七でまだ独身ですからね、今辞めたらもったいない。少し休養して二学期からまた教壇に立ちなさい、希望なら担任も変えるからと言ってやったんです。本人も一時はその気になってたようなので、こっちも時間講師ですむと思っていたところ、夏休みに入る頃になって、『やっぱり、どうにも勤まらない』と、辞表を送りつけてきたんですわ」

教頭は、しきりに鳴海淑恵の精神的な問題はたいして深刻なことではない、と繰り返して強調した。まだ経験の浅いまり子を不安がらせないためだろう。

(考えてたよりも問題がありそうな仕事だわ、これは……)

まり子は不吉な予感を覚えた。補助教員でも担任になるのはよくあることだが、それはベテランの場合である。まり子のような大学を出たばかりの者を起用するというのは異例である。教頭の弁解する口調からして、他の教師を後任に据える工夫が失敗したことをうかがわせる。六年三組の教え子の中に、誰か問題を抱えた子供がいるのだろうか。

六年三組の教室は、ひどくざわめいていた。老練な教師は廊下を歩いているときから、気配でそのクラスの状態を把握できるというが、新米のまり子にも、担任がいなくなったことで動揺した子供たちの心理状態が、ざわめきをとおして感じられた。

そのざわめきも教頭とまり子が教壇にあがるとシンと静まりかえった。児童数は四十五人。十一歳、あるいは十二歳になった少年少女の九十の瞳が、いっせいに若い女教師に向けられる。

「鮎川まり子先生を紹介しよう。これから卒業までこのクラスの担任になってくれる新しい先生です……」

教頭の言葉もうわの空で、男の子も女の子も興味しんしんといった表情でまり子の一挙一動を、穴が開くほどの熱意をこめて見つめる。初めて主役を与えられた若い俳優が、初日の舞台の袖《そで》で幕が開くのを待つ間のような緊張感。まり子は子供たちに気《け》どられないようにそっと深呼吸してから、教頭と入れ替わって教壇に立った。期待に満ちた視線を浴びて、若い女教師の肌は熱を帯び、ブラジャーのカップの下で乳首が固くしこるのが分かる。

まり子は穏和な笑みを子供たちに投げかけ、明るい声で挨拶《あいさつ》した。

「皆さん、初めまして。鮎川まり子です。アユはお魚の鮎。……こういう字ですね。まだできたてのホヤホヤ、新米の先生なんですよ。これから皆さんがこの学校を卒業する来年の三月まで、一緒に勉強してゆきましょうね。先生もまだまだ分からないことがいっぱいあるの。皆に助けてもらわなきゃならないと思うから、よろしくお願いしますね」

＊

——その日は午前中で終わった。なんとか最初の一日を無事に終えてホッとして教員室に戻ると、学年主任の初老の教師がやってきた。さっき、彼女の授業ぶりを見に教室を覗《のぞ》いていったのだ。

「鮎川先生、ご苦労さま。なかなか堂に入ってますよ。その調子でお願いします」

「いいえ、やっぱりアがってしまって……。まだ考えてることと言うことと、バラバラです」

「どうですか、まだ全部の子供を把握するのは無理でしょうけど、今日一日、あの子たちと過ごして、何か印象をおもちですか？」

まり子は首を傾《かし》げて、教壇から観察した一人一人の教え子たちの表情や態度を思い浮かべてみた。

「全体的に気持ちが浮わついているようですけど、夏休みの後ですし、私も慣れていないので、これは仕方ないですね。あとは、さして問題になる子もいないように思いましたけど……。そうそう、吉松京太《よしまつきようた》という体格のいい子。どうやらあの子がクラスのボスといった感じですね」

吉松京太、という名前が出たとたん、学年主任が顔をしかめるのをまり子は見逃さなかった。

「京太……。あいつ、やっぱり何かやらかしましたか」と心配そうに訊く。彼は、教師たちの悩みの種になっているらしい。

「いいえ。ただ、声が大きいのと、ガキ大将というよりヤクザの親分みたいな態度なのですこしびっくりしただけです」

——実は、教頭がまり子を紹介して教室を出ていった直後に、まり子を驚かせたのが京太なのだ。

「おい、みんな。今度の先生は美人だなあ。北村里美にそっくりだぜ。顔も体もプクプクしてて、エクボができるところなんかもよう」

いきなり教室の最後列の席から小学生とも思えぬ野太い声があがって、まり子は思わず自分の耳を疑った。

見ると、小学生どころか、中学生のそれも三年あたりと言って通じるほど逞《たくま》しい体格の男の子が、椅子にふんぞりかえってニタニタ笑っている。猪首《いくび》の上に四角い顔が乗っていて、獅子っ鼻にギョロリと大きい金壺眼《かなつぼまなこ》。愚鈍な笑いではないが、教師を教師とも思っていない、年上の女性を挑発するような傲岸不遜《ごうがんふそん》な態度だ。

「あらあら、北村里美って、あのアイドル歌手の？　比較されて光栄ねぇ。でも、先生は里美ちゃんよりずっと年上のお姉さんなんだけどなあ」

まり子は笑顔を浮かべたまま、少年を見据えた。こういう時に狼狽し、激怒したりしては相手の思うツボだ。落ち着けと自分に言い聞かせる。

「でも、美人だって言われて悪い気はしないわ。先生も女性ですからね、一応、お礼を言っておくわ。えーと、キミは……？」

「あっしの名前は吉松京太でござんす。お見知りおきを」

わざと浪曲の節をつけて、ふてぶてしく答える。ヤクザっぽいものに憧れているのだろう。同級生たちの反応は、クスクス笑いをするものが半数、後の半数は無関心。京太という少年のこんな態度は珍しくないのだろう。

「そう。京太くん。よろしくね」

まり子はニッコリ笑ってみせた。京太は鷹揚《おうよう》に頷《うなず》いてみせる。この少年は自分の存在を新任教師に印象づけたかったのだ。その効果は充分にあった。まり子が最初に覚えた教え子の名前は、まさに彼だったのだから——。

学年主任は嘆かわしいという口調で説明した。

「そうなんです。親が吉松源三《げんぞう》といって、吉松建設という会社の社長なんですよ。市議会の議長もやって、実力者です。この男、実は若い頃にヤクザをやっていたという話で、彼のところにはそういった類の人間が出入りしているらしい。子供は親を見て育ちますから、そういうのに憧れて、もういっぱしのヤクザ気取りなんで困ってるんですよ。とにかく体を見てもお分かりのように、早熟なんです。言うことを聞かない仲間をいじめたり、これまでちょいちょい問題を起こしてまして、まあ、お辞めになった鳴海先生も、彼をどうやっておとなしくさせるか、いつもそのことで頭を悩ませていました……」

吉松京太は、ガキ大将というより、この小学校における番長的存在になっているらしい。体格のみならず性的なことにも早熟で、四年生あたりから女子に対する性的ないやがらせ、いじめを始めたという。五年の時から彼の担任だった鳴海淑恵は、そのことで何度も京太を叱《しか》り、親のところにも話しあいに行っていたという。

「じゃ、鳴海先生がノイローゼのようになったのは、彼のことが原因ですか？」

「いや、それもあったのかどうか、よく分からんのです。辞める前の一、二週間というもの、どうも顔色がすぐれず、教壇で貧血を起こしたのかどうか倒れたりして、私たちもノイローゼというより体の具合のほうだと思っていたんです。今から考えるとあれが心身症というやつでしょうか……。ともかく、一時は相当精神的にまいっていたようです。辞めると言ったり、異動を希望したりしてましたが、とうとうハッキリした理由も言わずに辞表を送ってきましてね、私たちもちょっと驚かされました。それまでは教育熱心な、いい先生だったんですがね……」

「じゃ、吉松くんのほうはどうなんでしょう？　鳴海先生が辞めたことで」

「彼のほうは全然あいかわらずです。『オレにてこずって辞めるような先生なら、早く辞めたほうがいい』ってうそぶいているらしくて……。困ったもんです」

「そうなんですか……。あ、それと学級委員をやってる小田桐雅史《おだぎりまさし》という子がいますね。彼はなかなか人気者のようですね」

彼女は京太の次に名前と顔を覚えた少年のことを挙げてみせた。

小田桐雅史は、吉松京太とはまったく対照的な子だった。体格はほっそりとして、手も足も華奢《きゃしゃ》といってよいぐらいだ。目もとは涼しく鼻筋がスッと通って、ひょっとしたら公家《くげ》か何か、そういった血が入っているのかと思わせる。そのまま服をとり替えれば女の子としても通用しそうな美少年である。しかも、頭がよく機転がきくことは話し方や態度で分かる。

学年主任は満足そうに頷いた。

「ああ、あの子はね、よくできた子です」

それから声を低めるようにして言った。

「親はH——大学の法学部助教授だった人で、以前は隣の西城町に住んでいたんです。ほら、二年前にあそこで〝助教授夫婦惨殺事件〟というのがあったでしょう」

「えっ⁉　じゃあ、雅史くんは……？」

まり子はあまりの意外さに声を失った。

——二年前、西城町で起きた強盗殺人事件は、その残虐さで世間を震えあがらせた。

被害者は大学法学部の助教授とその妻だった。ある夜、何ものかが彼らの家に侵入し、夫婦を殺戮《さつりく》したのだ。両者とも鈍器で頭を殴られ、電気のコードで首を締められ、鋭利な刃物で何度も体を刺されていた。妻のほうは明らかに凌辱された痕跡《こんせき》があった。

彼女は最初に殴られたときに意識を失い、凌辱されてから殺されたのだ。襲撃者は哀れな犠牲者の苦悶《くもん》を楽しみつつ、じわじわと嬲《なぶ》り殺しにしたとみられる。二十万円ほどの現金が消えていたが、現場の状況からして、夫婦に怨《うら》みを抱いた者の仕業ではないかという見方が強かった。

警察の必死の捜査にもかかわらず、事件は迷宮入りした。被害者が将来を属目《しょくもく》されたエリート学者とその妻で、殺害方法も残忍きわまりない。マスコミはこのショッキングな猟奇殺人事件を大々的に報道した。当時まり子はまだ大学生だったが、いやおうなく事件のことは耳に入ってきた。

「そうなんですよ。あの事件で殺された夫婦のひとり息子が小田桐雅史なんです。事件のあと、この町に住んでいる祖父母のもとに引き取られましてね」

まり子はむごたらしい事件のことを思い出してみた。

小田桐助教授の家ではおきまりの嫁姑の対立から、老夫婦は少し離れた夢見山に家を建て、別居するようになった。祖母は孫の雅史をかわいがっていたので、息子夫婦と疎遠になっても孫が訪ねてくると喜んで迎え、小遣いを与え、食事をさせ、時には泊まってゆかせていた。

事件当夜も、小学校四年生の子供は祖父母の家に泊まっていて、それで難を逃れた。そうでなければ彼の生命もなかったはずだ。まり子は身震いした。

「そうだったんですか……。質問するとハキハキ答えるし、あまり暗いところがないでしょう？　まさかあの事件の被害者の子供だなんて、夢にも思いませんでした」

「ええ。それが私たちの救いでもあるんですよ。あの後でこっちに転校してきたんですが、私たちも最初は心配でね……。でも、すぐに友達はできるし、成績も落ちるどころかかえって上がるぐらいで、私たちもホッとしているんです」

雅史の母親も若いうちに司法試験に合格した才媛《さいえん》で、息子が祖母にかわいがられるようになったというのも、彼女が弁護士をやっていて多忙だったからだ。そういう両親の間に生まれた息子が、聡明で利発なのも当然かもしれない。

「あのワルの京太も、雅史だけはいじめませんな。やはり遺児である雅史に同情は集まる。京太もバカじゃありませんから、そういう自分の損になるようなことはしない。反感はもってるようですがあからさまな手出しはしません」

「そうなんですか。道理で……」

授業中、京太や仲間が調子に乗ってふざけちらし、教室の雰囲気がざわめきたってきた時、それまで何も言わなかった雅史が「おい、京太。静かにしてくれよ」と、キッパリした声で言ったものだ。

その態度があまりにも凛《りん》としているので、まり子のほうがドキッとしたが、京太は別に怒りもせず、

「おい、教授さまがうるさいってよぉ。おまえらももう少し静かにしろや」と、ニタニタ笑いながら言い、それからざわめきは一オクターブ低くなった。このクラスのボスを自認している粗暴な少年が怒らないので、まり子は意外の念に打たれたのだが、そういう背景があるなら理解できる。そういえば、女子などは大半が雅史に好感をもっている様子だ。

「あれで雅史が自分の仲間を増やしたりすると、京太も黙っているわけにはゆかないでしょうが、あなたもご覧になったように、雅史というのはもの静かで孤独を好む子ですからね、京太も大目に見ているわけです」

「なるほど……」

「まあ、京太は問題でしょうが、あれであんまりバカはやらなくなりました。いじめにも厭《あ》きたんでしょうね。前の鳴海先生は京太とガップリ四つに取り組もうとしてくたびれたところもあります。あまり神経質にならず、適当にやらせておいて下さい」

学年主任の親身そうなアドバイスの陰には、「どうせ卒業までの補助教員なのだから」という本音が隠されているようだ。

「分かりました。そうします。ところで……」

まり子は気になっていたことを口にした。

「お辞めになった鳴海先生ですが、連絡はとれないのでしょうか？　できたら子供たちの指導の要点を申し送っていただきたいので」

教育熱心な担任なら、教え子一人一人について的確な評価を記録してあるはずだ。六年三組は五年のときから鳴海淑恵が持ち送りで担任しているから、たとえ口頭であっても、彼女の体験による評価は学級経営上、非常に参考になる。

「それは……、ちょっと無理じゃないでしょうかね……」

もう三十年ちかくも教師をやっている学年主任は、当惑したように首を振った。

「教頭もなんとか連絡をとろうとしているんですが、辞表を出したあとですぐこの町を出ましてね、今は実家でも連絡がとれんというのです。私たち同僚の教師も何ひとつ連絡を受けていません。もう教師とはキッパリ縁を切りたいんじゃないでしょうか」

「そうなんですか……」

まり子は落胆すると同時に、不思議な気がした。

(彼女の熱意を奪い、精神を乱し、教壇から遠くに去らせたものは何なのだろう？)

再び不吉な予感が暗雲のようにまり子の胸中をよぎった……。

＊

その日、鮎川まり子は遅くまで教員室に残り、六年三組の児童全員の身上書に目をとおした。一日でも早く教え子たちに関することを知っておきたかったからだ。

四十五人の教え子たちのうち、欠損家庭――両親のどちらか、あるいは双方がいない家庭――の子は、祖父母に引き取られている小田桐雅史のほかに、もう二人いた。

一人は吉松京太。彼の母親は夫と別居中だ。

そしてもう一人が鹿沼《かぬま》まどか。

父親の直希《なおき》は三年前に離婚。姉ひとり弟ひとりのきょうだいは、姉のまどかが父親に、二歳下の弟は母親に引き取られている。父親はその後再婚していない。同居者の欄にも何も書かれていないから、父ひとり娘ひとりの家庭なのだ。職業欄にはフリーライターと書かれていて、その前の勤務先は大手の電機メーカー技師とある。

（技師からフリーライターなんて、ずいぶん変わった経歴の父親だこと……）

まり子は首をひねった。

彼女は鹿沼まどかという子の身上書を、他の児童のよりも熱心に読んだ。欠損家庭という
こともあるが、この少女が漂わせている独特の雰囲気に、教室で強い印象を与えられたせい

だ。

背がスラリと高く、髪を腰まで長く伸ばしてポニーテールにしている。実際、小柄なまり子と並ぶと背丈はほとんど変わらない。

まり子が心を打たれたのは、まどかがハッとするような美少女だからというばかりではない。いかにも聡明そうな表情をしていて、それでいて不思議に大人の保護欲をそそるような可憐《かれん》な印象が強いのだ。近視が強まってきているせいか、遠くを見るとき、やや目を細める癖がある。そのときに目尻が下がり、泣きべそをかいたような顔に見える。周囲に誰もいなければ、思わず抱き締めて頬ずりしてやりたくなる。それでいて、時にミステリアスと形容していい、近づきがたいような王女のような気品を漂わせるような時もあるのだ。

(ふうん。母親がいないんじゃ寂しいだろうな……)

身上書で家庭環境を推測しただけで、同情してしまったまり子だ。どういう理由で母親は家を出、まどかは残されたのだろうか。父親はどんなふうにこの少女の面倒を見ているのだろうか。それでなくても初潮を迎える時期の女の子は心理的に不安定で、扱いにくい部分があるものだ。

問題児童の吉松京太。両親を惨殺された遺児で知能の高い小田桐雅史。そして可憐な美少女の鹿沼まどか……。

（この三人に興味があるわ。家庭のことなど、もっと詳しく調べてみるべきね）

まり子はそう決心した。

鳴海淑恵が精神に異常をきたし、退職せざるを得なくなった理由も分かってくるかもしれない。

# 第三章　〝桃色ドリーム〟

鹿沼直希は、ファミリーポルノという種類のビデオを初めて見た。

清瀬《きよせ》老人に見せてもらったのだ。

清瀬老人の正体は、知り合ってから半年を過ぎてもよく分からない。たぶん七十歳前後だろうと思うのだが、尋ねるのがためらわれてまだ正確な年齢さえ知らない。悠々自適の隠居生活を楽しんでいるようだが、その前は何をしていたのか、今は何で生計をたてているのか、それもよく分からない。

(どこかの大学で教授か何かやっていたのではないだろうか)

家を訪ねるとやたらに国文学関係の蔵書が多いので、そう推察している。体は痩《や》せて、禿《は》げあがった頭に残る髪も真っ白である。外見は枯れたように見えるのだが、実体はまだまだギラギラして生臭い。何しろ、一番最初に顔を合わせたのが、夢見山駅前のピンクサロンときている。

――妻の春江《はるえ》と離婚してから、直希は再婚の話をずっと断ってきた。娘のまどかのためにも新しい母親が必要だろうとは思うのだが、どうもその気になれない。春江に去られたショックが大きかったせいもあろうが、次第に独身の気楽さになれてきたせいもある。

（これが、ひと昔かふた昔も前だったら、こうはいかないだろう……）

まどかが成長して手がかからなくなったとはいえ、炊事、洗濯、掃除……あらゆる家事がのしかかってくる。そういったことに不慣れだった以前の直希なら、とっくに音をあげているに違いない。

ところが、夢見山に引っ越してからは会社勤めもやめたので、一日家にいることが多く、家事は煩《わずら》わしいものではなくなった。料理など、かえって気分転換の一つの手段になっているぐらいだ。

問題なのは、やはり性欲の処理だ。

離婚と同時に十何年勤めた電機メーカーをあっさり退職し、こういった田園地帯の中の新興住宅地に小さな家を買ってしまった。都心の家を売却することにしたのは、まどかが気管支など呼吸器系統が弱かったからで、引っ越してくると効果はてきめんだった。そのかわり、彼のほうは女性と付き合う機会がまったくなくなってしまった。

都会では男と女が毎日肩をすりあわせるように動きまわっているわけだから、澱んだ水にぼうふらが湧《わ》くように恋だの愛だの情事だのが自然発生するものだが、まだ建物もまばらな新興住宅地に娘と二人で暮らしている三十男となると、そういう男と女の出会いなど期待できるものではない。

となると、やはりセックス産業の女性ということになる。

直希は、童貞で春江と結婚した。性生活のほうは妻で充分満足していたから、ソープランドやピンクサロンなど、男の遊び場にはほとんど関心がなかった。そういう場所に出入りしている男たちは「女がいないので仕方なく行っているのだろう」と、哀れむような蔑《さげす》むような感情で見ていた。

そんな彼が夢見山駅前のピンクサロンに通うようになったのも、やはり妻に去られた後の禁欲生活で、女の匂いが恋しくなったからにほかならない。

会社を辞めたといっても、その会社との繋がりが多い仕事なので、週に一度は顔を出して打ち合わせを行なう。その夜も、昔の同僚たちに誘われて居酒屋で一杯やって、いい気分で電車で帰ってきた。

自分ではホロ酔いだと思っていたが、案外、かなり酔っていたのかもしれない。いつもは東口に出るのに、うっかり西口に出てしまった。

ベッドタウン化が進むにつれて夢見山駅の西口周辺は、サラリーマン相手のセックス産業がひしめく盛り場として、かなり有名になっていた。

（へぇ、西口がこんなに賑《にぎ》やかだとは思わなかった……）

毒々しいネオンに誘われるように、ついフラフラと『夢見小路』というアーチのかかった通りを歩いていった。すると、

〝春らんまん、キャピキャピ美少女セーラー服まつり！〟

ショッキング・ピンクで大書された看板文字が目に飛びこんできた。『桃色ドリーム』というピンクサロンの店の前だ。

（ふうん、これがピンサロというやつか）

思わず立ちどまってしまった。若い娘が白い半袖のセーラー服を着て、現実にはあり得ないミニの襞《ひだ》スカートを片手でまくり、ヒッチハイクの女性がやるように片手をあげてウインクをしている絵に、思わず欲情をそそられてしまったのだ。へたな絵だったが、直截《ちょくせつ》な迫力があった。直希の股間が熱く疼《うず》いた。

呼び込みの男に誘われるまま、フラフラと中に入ってしまった。

店内はちょっとした喫茶店ぐらいの広さしかない。しかも暗い。ディスコサウンドだけはやたら騒がしいが、照明となると、ところどころに点《つ》いている赤いスポットライトだけで、まるで映画館のような暗さだ。

暗さに目が慣れて見えてきたものに、直希はまたもや仰天させられた。

店内には、二人がけのシートボックスが十二、三あって、そのほとんどが男と女のカップルで埋まっている。もちろん男は客で女はホステスだ。中にはもう遊びが終わったのか、肩を押しつけるようにして何やら話しこんでいるカップルもあるが、ほとんどの席では奥のほうに男が座っていて、女が客の股間に顔を伏せているのだ。何をしているのか一目瞭然《りょうぜん》である。しかも、女たちは裸だ。下はどうなのか分からないが、あちこちで白い背中が上下している。セーラー服を真似たドレスは脱いでしまっているのだ。

(うーん、こういうところでこんなことを……)

もちろん直希とて、ピンサロの店内でどういうサービスが行なわれるのか、週刊誌の記事などで知らないわけではないが、こうやって目の前で見せつけられるとやはりショックだ。しかもホステスというのが、みなピチピチした若い娘なのだ。

茫然《ぼうぜん》としていると、

「いらっしゃーい。あーら、ステキなおじさんだ!」

賑やかな声と共にさとみという女の子が現れた。看板に書いてあるような超ミニのセーラー服姿だ。ショートヘアでまだあどけないぐらいの顔立ち。暗い照明では美人かどうかも定かではないが、肌は白くムッチリと肉づきのいいのは確かだ。

「あ、どうも、よろしく……」

当惑している彼の隣にドシンと尻をおろすと、若い娘はおしぼりですばやく彼の両手を丁寧に拭《ふ》きだした。超ミニの襞スカートからはみだした太腿《ふともも》の肉がやけに悩ましい。よく見ると白いハイヒールを履いていて、女子高生の制服とのアンバランスがまた奇妙なエロティシズムを生みだしている。肌はやや汗ばんで湿っていて、香水と混じった健康な女体から発散する匂いが悩ましく直希の鼻腔《びこう》を擽《くすぐ》る。

さとみは客の手を拭《ぬぐ》い清めるという儀式を終えると、ごく自然に片手を直希の太腿――というより、ほとんど股間にあてがってきた。ズボンごしに若い娘にさりげなく触られるだけで、彼の欲望は熱く滾《たぎ》り、ペニスがズキンズキンと充血してくる。

「何にします？　ビールとウィスキーとコーラだけど」

「うん。そうだな、ビールがいいや」

ビールの小瓶とグラスが運ばれてきた。さとみが注いでくれたビールをカラカラの喉に流しこんでから、直希は思いきって打ち明けた。

「あの……、ぼくはこういう店、初めてなんだ。よろしく頼むよ」

若い娘は丸い目を大きく見開いてオーバーに驚いてみせた。

「ホント⁉　見るからにマジメそうだものねー。じゃあ、初めて浮気するんだ。奥さんが実家に帰ったの?」

おそらくそういった客が多いのだろう。直希は苦笑しながら頷いた。

「まあ、そんなところだね」

「ふふ。心配しなくてもいいわ。まかせといて。……えーと、システムを説明するわね。Aコース、Bコース、Cコースとあって、Aコースはリップサービス。分かるわね? お口でクチュクチュすんの。これが今の時間だと五千円。Bコースはそれにタッチサービスが追加。私のどこでも好きなだけタッチOKで、これが六千円。Cコースはね、途中でもう一人やってきて、二人でリップサービスとタッチサービス。これだと八千円。全コース、オールヌードでサービスしてあげるわ」

「それだけでいいの?」

「そうよ。追加料金は一切なし。ウチは安心料金がモットーだから」

「じゃ、Bコースで頼もうかな」

直希は一万円札を渡した。さとみは立って闇の中に消えた。

(あんな若い子が、ここでフェラチオをしてくれるのか……)

夢を見ているように不思議に現実感がない。ネオンと豆電球で飾られた入り口を通過したとたん、異次元の空間に転移したような気がする。

さとみは何本ものおしぼりとウィスキーの小瓶を持って戻ってきた。まず釣りを返し、

「じゃ、さとみちゃんとクチュクチュ楽しいことしましょうねー」

おどけた口調で言いながらすばやく直希のズボンのベルトを外し、ファスナーを下ろしてしまう。

「さっ、ズボンとパンツを下ろして」

「こりゃ……、お医者さんごっこだね」

照れ笑いしながら、尻を浮かしてズボンを下ろしペニスを露出した。不思議と羞恥《しゅうち》を感じない。娘の溌剌《はつらつ》とした健康美と明るい笑顔、声、態度が罪悪感とか不潔感を払拭《ふっしょく》してしまうのだ。

剝《む》き出しの尻にビニールレザーの感触。暗い通路をボーイやホステス、他の客たちがひっきりなしに通っている。当然、下半身を剝き出しにしているぶざまな恰好を見られるのだが、照明が暗いせいかあまり気にならない。

「あらあら、元気ですねー、このペニちゃんは。もうこんなになってー。まずお姉さんがきれいきれいにしてあげる。それから気持ちいいことしましょうねー」

ウィスキーの小瓶から液体を掌《てのひら》に注ぎ、はや屹立《きつりつ》している直希の陰茎を握って亀頭を剝き出しにする。ヒリッとする感覚が走った。液体はウィスキーではなく消毒用のアルコールら

しい。なるほど衛生的である。擽ったさと快感が混ざりあってペニスは勢いよく勃起《ぼっき》して、さとみに剝かれるまでもなく亀頭は完全に露呈した。

おしぼりを使って丹念に根元まで拭い清めると、

「じゃ、脱ぐわね」

若いホステスは立ち上がり、セーラー服をバッと脱いだ。上着の前についているファスナーを引き下ろすと下には何もつけていない豊満な肉体が現れた。前に張りだした乳房は若さが充満していて垂れる気配もない。乳暈《にゅううん》が大きい見事な乳房だ。

「ほら」

上着と襞スカートは最初から一体になっているので、一挙動で彼女は白いビキニパンティ一枚のヌードを直希の前に晒《さら》した。薄い布に包まれたヒップもバアンと張りだしている。甘酸っぱい体臭がムオッと匂い、理性が痺《しび》れてしまう。

「うわ。グラマーだな」

「要するにおデブなのよ」

自分で言ってケラケラ笑い、股間に顔を伏せてきた。

「あっ」

柔らかい唇に男根を啞《くわ》えこまれ、ペニスは温かい唾液《だえき》で充《み》ちた口腔粘膜に締めつけられた。

ひさびさに味わうフェラチオの快美な感覚に直希は呻《うめ》き、背を反らせた。

ひとしきり唇で全長をしごくようにしてから、一度口を離したさとみは、囁《ささや》くような甘え声で言った。

「パンティ脱がしてもいいよ。好きなように触って……」

再び股間に顔を埋め、今度は舌を駆使してきた。

たちまち沸き起こる快美感覚に圧倒されまいとして、直希はずっしりと豊かなヒップに手を伸ばし、ぴったりと肌に密着している薄いパンティを脱がしにかかった。腰を振るようにしてさとみは協力し、すぐに白い布きれは足首から引き抜かれた。

指で湿った秘裂を触ってみる。大ぶりな小陰唇だ。すでに奥に何か塗りこめていたものか、それとも愛液が豊富なのだろうか、しばらくなぞっているうちに直希の指はヌラヌラとした液で濡《ぬ》れた。思いきって人さし指を挿入してゆく。

「む……」

彼の欲望器官を根元まで咥えこんでいたホステスが動きをとめ、鼻から息を出すようにして甘く呻いた。直希は指先に神経を集中させた。でないとあっけなく発射しそうだからだ。

指を二本そろえ、ふかぶかと根元まで埋めて抉《えぐ》るようにする。これまで何人もの好色な客たちが弄《いじ》りまわしたところだという意識が、不思議とサディスティックな感情を呼び起こし、動きは自然と荒々しくなる。

「うっ、う、むー……」

その攻撃に負けまいと、舌と唇、歯と歯茎までを動員して反撃してくる。

「あー、あっ、うー……」

知らぬ間に自分も耐えがたい甘美感覚に負けて呻き、喘《あえ》いでいた。

直希の座っているシートは壁際で、彼の体はその壁に押しつけられている。ベニヤか何かで簡単に作られたのか、外のざわめきが壁ごしに聞こえてくる。

(通りと板壁一枚隔てたこんな所で、女の子にペニスをしゃぶられているとは……)

それは不思議に新鮮な興奮を呼び起こした。

さとみの体から、干上がった磯《いそ》のような汐《しお》の匂いが立ちのぼる。

「ちょ、ちょっと待って」

直希は彼のペニスを咥えこんでいるホステスに中断を求めた。

「この体勢じゃ、きみのあそこが見えないよ。シックスナインはダメかなあ」

「いいわよ。ちょっと窮屈だけどね」

全然いやがるふうもなく、さとみは要求に応じてくれた。直希をシートに仰臥《ぎょうが》させ、自分が上になった。狭い空間だから、二人の片方の足は床に置かれた。

「どう？　これで見える？」

天井からの赤いスポットライトの光に、黒々とした恥叢に囲まれた秘部が浮かびあがった。特殊な光線のせいか肌は眩《まぶ》しく光り、黒ずんだ部分はよけい黒く見える。が、不潔とか醜悪とかいう意識は直希の脳裏に浮かびもしなかった。

「うーん、チャーミングだ……」

妻以外の女性の性器をこうやって目の前に見るのは初めてだった。春江はわりと薄い恥毛だったが、さとみのは量も多く、ごわごわとして縮れも強い。いかにも猛々《たけだけ》しい感じの恥毛だ。そして明けっぴろげな性格そのままに、左右に大きく花弁を伸ばした小陰唇。その奥には薄桃色の粘膜が濡れきらめいている。ツンと鼻をつく酸っぱいような汐くささ。

「…………」

思わず直希は首を伸ばすようにしてさとみの秘唇にキスした。舌で粘膜を愛撫《あいぶ》した。

「あう。やだ、お客さん……！　うー……」

さとみは思いがけぬ攻撃にたじろいだようだ。しかし、負けじとばかりに彼の怒張を咥えこみ、髪を振り乱すようにして熱烈に舌を使ってきた。ペニスだけでなく睾丸《こうがん》も握りこむようにして柔らかく揉《も》みたてる。

「お、おお、おうっ……！」

直希が勢いよく射精すると、さとみはストローでも吸うようにチューと吸った。

「あう！」

かつてない快感が全身を駆け抜け、ガクガクと腰を上下に打ち揺すった。脳が真っ白になったようなオルガスムスだ。

客が噴きあげたものを口中に含みながら、さとみはしばらくの間、子牛がミルクを呑むように唇を緊《きつ》く緩く締めつけて最後の一滴までを吸いだしてくれた。

「………」

唇が離れた。直希は全身から力が抜けてぐったりとシートの上に伸びきった。剝き出しの股間に新しいおしぼりを載せると、制服で前を覆うようにしながらハイヒールだけの全裸の女は闇の中に姿を消した。受け止めた精液を吐き出し、口をすすぎにいったのだろう。（すごい快感だった……）

溜《た》まったものを一気に噴出させた後の爽快感《そうかい》。ノロノロと身を起こして口紅の色がうっすら付着しているペニスを拭った。

さとみは制服を着、化粧を直して戻ってきた。婉然《えんぜん》とした笑みをふりかけて訊く。

「気持ちよかった？」

「ああ。すごく。こんなによかったのは久しぶりだ」

「そう？　嬉しいわ」

　抱きついて頬ずりしてきた。指名で稼ごうという手管だと思っても、若い娘にそうされて嬉しくないわけはない。直希は釣りとして受けとった二千円を彼女にチップとして渡してやった。

　それから五分ぐらい娘とおしゃべりした。彼女の口からは一種独特の匂いがした。うがい薬を使ったらしい。さとみは二十歳で、この店に入って三か月だという。ひと晩に最低でも十人の客を相手にするらしい。

「もっと早い時間だと、客も少ないからゆっくりできるわ。それに、料金も安いの」

　店は四時から始まり、六時までに入るとBコースで五千円だという。ドリンク代の二千円を足しても、一万円で三千円のお釣りがくる。

（これじゃ、サラリーマンたちが押しかけてくるわけだ）

　直希は感心した。

「どういったお客が多い？　やはり給料の安い、独身のサラリーマンかなあ」

「ううん。やっぱり中年のおじさんね。お客さんなんか若いほうよ。中には八十近いお爺《じい》さんもいるわ。その人はご隠居さんみたいだけど」

「へえ……」

「まあ、だいたいは奥さんがちゃんといる人ばっかりね」

「厭きたから刺激が欲しいのかなあ」

「こないだ来たおじさんなんか『フェラチオをしてもらったのは初めてだ』って喜んでいたわ。結婚して二十年になるんだけど、奥さんがイヤがって一度もしてくれないんだって。それから毎週来てくれる」

「そんな人もいるのかい……」

「家に帰っても奥さんも子供も相手にしてくれないから、寂しくて来る人が多いみたいね。あっ、お客さんのことじゃないけど」

プッと噴き出して笑い転げた。

さとみに指名がかかったのを汐に、直希は店を出た。腕時計を見ると入った時から二十分しか経過していない。まるでタイムマシンに乗ったような錯覚に陥った。暗く、淫《みだ》らな雰囲気が充満している店の中からネオンの目映《まばゆ》い、人々が大声で会話しながら通りすぎてゆく雑踏の中に出る時、いささか気恥ずかしい思いがしないでもなかったが、何かウキウキした気分は家に帰りつくまで持続し、迎えてくれた娘のまどかに、

「パパ、よっぽどいいことあったのね。そんなふうにニコニコして帰ってくるなんて、珍しいもの」

ズバリと指摘されてしまった。

——それ以来、直希は週に一度は『桃色ドリーム』を訪れるのが習慣になった。

さとみという娘のふくよかな唇と柔らかな舌でペニスを愛撫され、溜まっていた精液を勢いよく噴きあげて吸ってもらう時、彼はいつも、脳が真っ白になるような絶頂感を味わった。射精する瞬間、チューッと強く吸われるのが言いしれない快美感を生みだすらしい。精液が尿道を通過するときの快感が倍加されるせいだろうか。妻の春江にフェラチオをしてもらった時には一度も味わったことのない快美な感覚だった。

そのことを指摘して誉《ほ》めると、さとみは嬉しそうな顔になって、「これでも、お客さんを喜ばせてあげようと、いろいろ努力して勉強したのよ」と言った。

おそらく、ここよりずっと遠い農村地帯の出と思われる娘は、真面目な労働を嫌ってこういう水商売に勤めたようだが、サービス精神だけは旺盛だ。

直希は『桃色ドリーム』に行く時は、いつも午後四時の開店直後にした。料金が割引になることもあるが、ほとんど客がいないので待たずにさとみが相手してくれる。しかもまだ他の客が触れていないから、性器に接吻するにしても抵抗がない。さらに、Cコース用のやや広いシートを使えるのも具合がよかった。ホステスが二人つくので、シートは三人がけなのだ。

「Cコースも試してみる？」

さとみはそう言ったが、直希はいつもBコースでとおした。金が惜しいわけではない。さとみの奉仕だけで充分な快楽を味わえたからだ。

開店直後は店がガラガラだから、さとみも余裕をもって相手をしてくれた。射精サービスのほうはどんなに長くても十五分ぐらいで終わるが、その後、抱き合って接吻したり秘部をまさぐりあいながら、いろいろな会話を交わすのが楽しいのだ。

直希がさとみの身の上を訊かないのと同じように、さとみも直希のことを訊かない。ただ一度だけ、「奥さん、いるんでしょう？」と訊かれたことがあった。

「いないよ。三年前に別れたんだ」

「あら、そうなの。でも、今は別の人と暮らしてるんでしょう？」

「いや。誰とも」

「ウソ」

わりと真剣な口調で睨《にら》みつけた。

「ウソじゃないよ。女房が出ていってからずっと一人さ。だからさとみのお世話が必要なんじゃないか」

「そうかなあ。奥さんと別れたとか亡くした人って、どっか薄汚れた感じがするから分かるんだけど……」

　一日に何人もの男を相手にするピンクサロンのホステスは首を傾げた。

「たとえばワイシャツのボタンがとれたままだったり、ハンカチにアイロンがあたっていなかったり、シワのよった同じ服をずーっと着たりとか……。お客さん、そういう感じがないから」

「あ、それは娘がいるからサ」

「ホント？　幾つ？」と目を丸くしながら半信半疑の口調で訊いた。

「小学校六年生だから、えーと……十一になったのかな。アイロンがけとか、みんなやってくれるんだ」

　そう答えながら、改めて直希は、まどかの存在を肌に感じた。そう言われれば、ワイシャツのボタンがとれていることに気がつき、まどかに言おうとして忘れていたのに、ちゃんとつけ直されていることが何回かあった。ハンカチも常に清潔なのがキチンとアイロンをかけられて用意されている。穴の開いた靴下になど、ついぞお目にかかったことがない。

（ふーむ、まどかのやつ、おれの気がつかないところでけっこう気を使って人並みの恰好をさせてくれているのか）

　性欲を処理するための場所でふいに娘のことを思い出して後ろめたい顔になった客に向か

って、さとみは真剣な口調で言ったものだ。

「お母さんがいなくて、お父さんの面倒を見てるなんて、健気《けなげ》だけどかわいそうだね。お客さん。早いとこ新しい奥さんをもらってあげなよ。娘さんのためにも……！」

いつも屈託のない笑いを絶やさない娘だが、さとみも似たような境遇で育ったのかもしれない——と、直希は思ったものだ。

# 第四章　性豪・絶倫老人

直希が『桃色ドリーム』に通うようになってから、よく店の中で見かけたのが清瀬老人である。

彼もまた、直希と同じように開店早々の時間を狙ってやってくる客だった。

痩せた体に渋い和服をビシッと着流しにして、白足袋《たび》、雪駄《せった》といういでたちである。当節、男の和服姿というのは老人でも珍しい。最初に見た時は、やはり驚いた。

肌の色つやもよく、見るからに矍鑠《かくしゃく》とはしているが、禿げた頭にやや残る髪も眉も真っ白で、どう見ても七十は過ぎている。そんな老人が淫らな熱気の渦巻いているピンクサロンで、若い娘を相手に性の遊戯に興じている。それも、いつもCコースで二人のホステスに奉仕させては楽しんでいるのだ。

あるいは俳諧《はいかい》の師匠か、それとも日本画家とか書道家とか、そんな気がしないでもなかったが、いずれにしろ正体をとらえ難かった。

「誰だい、あののお爺さんは？」

好奇心に駆られてさとみに訊いてみた。

「ああ、清瀬のお爺ちゃん？　あの人は、この近くの隠居さんみたいね。ヒマだから週に二、三度は来るのよ」

「それはいいけど、ちゃんとできるのかい？」

「あっちのほう？　ちゃんとも何も、黒光りして上向きに反ったのをビンビンにして、すごいのよお。さすがになかなかイカないけど、イク時は苦いのをビッビッと勢いよく出すのよ。今どきの若い男の子より、よっぽど元気がいいわ」

Cコースだと、空いているホステスが呼ばれて交替にサービスする。さとみは直接指名されたことはないが、ヘルプで何度も呼ばれている。老人の逸物《いちもつ》を手と指で具体的に説明してみせた。それを信じると、直希のよりも一回りも二回りも大きいマツタケ型で、しかも日本刀のように反っているという。

「褌《ふんどし》から取り出して見せるものがあんまり見事なんで『思わず跨《また》がって本番したくなっちゃう』って、皆で言ってるの」

さとみの話を訊いて、直希は舌を巻いた。年齢を重ねるにしたがって男は射出機能が減退してゆく。一回放出すると、次の弾丸が装塡《そうてん》されるまで時間もかかる。液も次第に水のように薄くなるはずだ。ところが、清瀬老人の機能は、さとみの言葉を信じれば三十五歳の直希とほとんど変わらない。

「うーむ、すごいタフな爺さんだな」

週に二、三度では、いくら『桃色ドリーム』が安さを売りものにしている店でも、月に使う金はバカにならない。よほど財産でもあるのだろうか。もし財産家だとしても、それならもっと優雅な女遊びの道もあるだろうに。

さすがに射精しないで帰る時もあるというが、どんな時でも女の愛液を丁寧に舐《な》め啜《すす》り、「長寿の薬、長寿の薬」と目を細めるらしい。その声はハリがあり、豪快な笑いは店内に響きわたる。一度すれ違った時にシゲシゲと見てしまったが、その眼光は炯々《けいけい》として猛禽《もうきん》のように鋭い。ひょっとしたら旧軍人、あるいは武術家かもしれない。

(驚いたな。世の中にはいろいろな人物がいるもんだ)

老人の姿を『桃色ドリーム』で見かけるたび、直希は感心していた。

——その清瀬老人と初めて言葉を交わしたのは、市立病院の待合室だった。

サラリーマン時代から持病の慢性胃炎が悪化したらしく、鳩尾《みぞおち》がシクシクと痛み、時々吐き気がして食欲も落ちた。念のためにレントゲンの検査を受けにいったのだ。

午前中に検査を受けて、結果が出るのは午後一番だった。一度家に帰るのもおっくうなので待合室で本を読みながら午後の診察が始まるのを待っていると、やはり手持ち無沙汰《ぶさた》な様子で廊下をウロウロしている、和服を着流しにした老人がいた。

（えっ、あの、清瀬という爺さんじゃないか……!?）

そう思った時にツイとこっちを向いた老人と目が合ってしまった。条件反射的にヒョイと会釈してしまうと、「おや」という表情になった老人が、たちまち彼のことを認めたらしく、破顔したかと思うと、

「おや、これはこれは……。いつも夢見小路でお目にかかる御仁だな。わはは、こりゃ奇遇だ」

大声で呼びかけながら近づいてきた。退屈していたらしく、話し相手ができたことを喜ぶ表情だ。近くには子供連れの主婦などが大勢いる。直希はうろたえてしまった。

「はあ、どうも……。ひょんな所で……」

ピンサロで若い娘の股間を弄りまわし、フェラチオのサービスを受けて昇天している同士なのだ。恰好をつけても仕方がない。苦笑して自己紹介した。

「あの店ではお話しするにも機会もなくて……。私、鹿沼といいます」

「これはご丁寧に。ワシは清瀬です。で、どこぞ具合でもお悪いので？」

「いえ、ちょっと胃の調子がおかしくて、レントゲン検査を受けてきたんです。今、結果待

ちなんですよ」

「それはそれは。なにごともなければよろしいがな」

「清瀬さんこそ、いつもご壮健なお姿を見て感服しておりましたが、どこかお悪いんですか？」

「いやいや、ワシはこのとおりピンピンしているんだが……」

老人は手と一緒に首を振った。近くで見ると年齢相応にシミが広がりシワも多い。やはり老醜は覆うべくもないが、全身からはあいかわらず周囲を圧倒するような精気が発散されている。彼は声を低めて打ち明けた。

「実はですな、『桃色ドリーム』の美登里《みどり》、……ほれ、私がいつも指名するホステス」

「ええ、知っています」

さとみと仲のよい子だ。やはり二十歳で、グラマーな肉体の持ち主である。顔はさとみよりもっと子供っぽい。そこを老人は気にいっているらしい。

「あの子を孕《はら》ませてしまいましてな」

「えっ……!?」

直希は、最初は老人が冗談を言っているのだと思った。

「今日、この病院で堕《おろ》すというので、仕方なく付き添ってきたわけです。麻酔が覚めるまでもう暫《しばら》く待たされるらしい。いやはや退屈なところですなあ、病院というところは」

「あの、孕んだというのは、清瀬さんのタネで……？」

老人は照れ臭そうにテカテカした頭を撫《な》でた。

「いや、お恥ずかしい。この年で少年のような失敗をしでかすとは……。まあ、こう言っちゃナンですが、あの美登里という女、なかなかの名器でしてなあ、途中でコンドームをつけるのが間に合わず、ドンとぶっぱなしてしまいまして、これが見事に的中。どうしてくれるのと泣きつかれまして。いや、まったくお恥ずかしい」

そう言いながら、案外、自分の精力を自慢しているようでもある。

「ドンと……。あの……、店の中で本番をなさったわけですか」

『桃色ドリーム』の店内では、本番行為は禁じられている。だから直希も、さとみに対して要求したことはない。とはいえ、いつもいつもフェラチオというのも味気ないといえば味気ない。指でさぐるとさとみの膣《ちつ》粘膜は締まりがよさそうだ。ペニスを挿入して、その粘膜を楽しんでみたいという、牡本来の欲望がないわけではないのだ。

「いやいや、あの店じゃ本番はちょっと無理ですよ。経営者がうるさいですから。なに、美登里とは時々、店の外で会ってましてな、定休日に私の家に呼んだりするんです」

ますます呆《あき》れてしまった。還暦をとっくに越した老人が、こともあろうにピンクサロンの女——それも孫と言っていいほど若い娘——にうつつをぬかし、我が家にまで呼んでセックスをするとは……。身なりをふくめて態度挙措に品格を感じさせる老人が、ピンサロに出入りしているのさえ信じられないのに。直希は言葉を失ってしまった。

「はあー……。それは……」

「そういうあなたは、店の子とセックスはしとらんのですか」

「とんでもない。そんなことをしてくれるとは思ってもみませんでしたので」

「それはもったいない。あの店の娘は、誘えばだいたい店外デートはＯＫですぞ。なに、小遣いとして一万円もやればいい。店にピンハネされない金ですから喜んでさせてくれますよ。まあ、一度誘ってごらんなさい」

　老人は先輩顔でカッカッカと笑った。

（それにしても、美登里という娘がこの老人のタネを孕んだというのは真実だろうか。他の男と寝てできた子を、老人のせいにして堕胎の面倒を見させているのでは……）

　そんなふうに怪しむ気持ちがある。七十近い老人に対する嫉妬《しっと》のせいかもしれない。

　やがて、廊下の向こうから若い娘が頼りない足どりで歩いてきた。化粧もあまりせず、服装も地味なので、店で見るのとずいぶん印象が違っているが、間違いなく『桃色ドリーム』のホステス、美登里だった。

「おお、出てきた。これからあいつを送ってゆくので、今日はこれで失礼を……。ではまた」

老人は挨拶もそこそこに中絶手術を終えた若いホステスに歩みより、孫のような年齢の娘の肩を抱くようにして病院の玄関を出ていった。直希は完全に毒気を抜かれて、看護婦から自分の名前を呼ばれてもしばらく気がつかなかったほどだ。

＊

清瀬老人とはその数日後、駅前にある、市でも一番大きな書店で再会した。

めぼしい本はないかとブラブラ棚から棚へと移動していると、ポンと肩を叩《たた》かれたのだ。ふりむくと、あの炯々とした眼光に射すくめられた。しかし老人の顔全体は笑っている。

「や、これは清瀬さん……」

「鹿沼さん……、でしたな。この前は病院で失礼しました。お加減はいかがかな？」

「ええ、やはり慢性の胃炎が悪化しただけで、薬を服《の》めば治るらしいです」

「それはご同慶の至りですな。美登里も二、三日休みましたが、今はちゃんと店に出ております」

「そうですか。ぼくはあれから少し忙しくて『桃色ドリーム』に顔を出していないのですが……」

「で、今日は何か予定でも？」

老人は今日も退屈して話し相手がほしい様子だ。

「いえ、別に。まあ、本屋に来るのは気分転換みたいなところがありまして」

「もしお暇なら、ちょっとおつきあい願えませんかな。私の家はここからバスで十分ぐらいの新田《しんでん》というところですが、いろいろ集めたものがあって、鹿沼さんなら面白がってもらえるかもしれん」

「いろいろ集めたもの、というと……？」

老人は唇を寄せて声を低めた。老人にしては歯がしっかりしており、そのせいか口臭はさほど不快ではない。

「ほら、ポルノですよ。いや、根が好色なものでポルノの本やフィルム、最近はビデオなどを集めております」

まあ、これが初対面なら信じられないだろうが、『桃色ドリーム』での行状を見ているから、直希はすんなり信じた。

「そうですか。それは拝見したいものですな」

新田というのは夢見山と次の駅の間に位置して、やはり新興の住宅地である。直希の家とは反対の方向になるが、行って帰ってきてもさしたる時間ではない。仕事を抱えていると言っても締め切りまではまだ日がある。

「夕方には娘が帰ってくるので、戻らねばなりませんが……」

「それなら時間は充分です。まあ、ぜひ寄って下さい」

「そうですか。じゃ……」

直希が老人の招きに応じたのは、ポルノのコレクションに対する興味もあったが、この得体の知れぬ老人に対する個人的な興味も強かったからだ。

*

老人の家は、敷地の周囲に生け垣をめぐらした、いかにも隠居暮らしにふさわしい小ぢんまりとした和風住宅であった。

縁側のある和室に招き入れられた。小さな池のある築庭が眺められる。池の中には錦鯉《にしきごい》が泳ぎ、縁先には丹精こめて作られた盆栽も並べられて、それだけ見ると恬淡《てんたん》とした老人の住まいである。この家の主が連日のように夢見小路のような生ぐさい所を徘徊《はいかい》しているとは信じられるものではない。

家の中は森閑として人の気配はなかった。

（一人暮らしなのだろうか？　それにしては家の中がよく片付いている……）

豪奢とまではいかないが、床柱をしつらえた和室の造作もなかなか念入りで、このあたりの安っぽい建売住宅とは違う。今どき、鯉を泳がせる池のある和風の庭を維持するにはずいぶん金がかかるに違いない。

（この老人、やはり小金を持っているな）

冷えたビールを勧められるまま呑みつつ、直希は家の内外を観察しながら、そう思った。

「さて、自慢というほどのものではありませんが、何とはなしにこれだけ集まってしまいましてな」

押し入れの襖《ふすま》を開けると、中には棚がしつらえてあり、ぎっしりとビデオカセットが詰まっていた。

「ほう、こんなに……。二百本ぐらいありますか」

「この前数えてみたら二百五十本を超えてましたな。鹿沼さんはどんなのがお好みですかな？　洋モノ、和モノ、レイプ、SM、ロリコン、ホモ、女装、スカトロ……。いろいろありますよ。まあ、ふつうの手段では買えない裏ビデオばかりですから、画像はあまり鮮明とはいえませんが……」

「えっ、これ、全部、裏ビデオなんですか⁉」

直希は唸《うな》ってしまった。ビデオデッキの普及に伴って非合法ポルノのビデオソフト価格もずいぶん低落したが、それでも人気のあるものはまだまだ高い。金をかけてこれだけの裏ビデオを集めたというのだから、清瀬老人も相当熱心なマニアなのだろう。

「鹿沼さんは、こういう種類のものはたくさんご覧になってますか」

「いえ、とんでもない。ほとんど見たことはありません。そういう機会がまったくなかったので……」

「おやおや」

ピンクサロンの常連なので、直希のことをよほど好色な男だと思っていたのだろうか、清瀬老人は意外そうな顔をした。

「興味はないことはなかったんですが、結婚して家庭をもってましたから……」

つい言い訳してしまう。

「おや、じゃ今はお一人ですか?」

「そうです。離婚しまして、夢見台住宅団地のほうに、娘と二人暮らしです」

「それで『桃色ドリーム』に……。なるほど」

直希は照れ臭くなって頭をかいた。

「それにしても、こんなもの、二百五十本もよく集めましたね」

「なに、私の知人がこういうものの仲介みたいなのをやってましてね、それで便宜をはかってくれるんですわ」

老人は床の間に置かれた大画面のテレビにビデオデッキからの映像を映しだした。

「こんなけしからんポルノもあるんですよ。つい昨日、手に入れたやつです」

素人の女性を輪姦したという実写ポルノだった。

(なに、どうせ〝やらせ〟なんだろう……)

そうたかをくくって眺めていたが、どうもそうではないらしい。

男の一人が通りがかりの女性をナンパして、一室に連れ込む。するとほかにも三人の男が出てきて、泣き叫び抵抗する女をかわるがわる犯すのだが、その迫力が凄《すご》い。隠しカメラなのでハッキリと見えない部分が多いが、それがまた昂奮を呼ぶのだ。

女は四人の男に二回ずつ犯され、さらに口と肛門まで同時に犯される。失神すると水をぶっかけられる。裂けた肛門から流れでる鮮血。

「うーん……」

えんえんと続く輪姦シーンを眺めながら、直希は唸ってしまった。途中からこれが〝やらせ〟ではないことが確信できた。もちろん、こういうポルノに撮られるとは知らず、口車に乗せられて連れ込まれた娘に同情する気持ちがないわけではない。しかし、泣きわめく娘が必死に抵抗して挿入を拒むと、もう一人の直希が「犯《や》れ、犯ってしまえ」と、悪漢たちの側に応援するのだ。

「ふーっ」

一時間ほどのテープを、所どころ早送りを使って三十分ほどで見終えたが、まるで自分が実際にこの輪姦に参加したような錯覚を覚え、がっくり疲れてしまった直希である。

「どうですかな、感想は？」

「うーむ、ひどい奴らですなあ。でも、正直言って昂奮しました。どういうんでしょうかね……」

直希の率直な言葉に、清瀬老人は我が意を得たというふうに頷いてみせた。

「なに、男っていうのはそういうもんです。どんなにヒューマニスト面をしていても、こういう状況を目の前にして血が騒がない男はいません。戦場ではもっとひどいことが平気で行なわれておる。獣になってしまうのは、アメリカ人も日本人も同じですわ。平和な時代だからこそ、こういったビデオに対する要求も強い。これも人間の一面です。目を背けてはいかん」

辛辣《しんらつ》な口調である。戦争の話が出てきたが、老人は戦場の体験があるのかもしれない。

その後、夫婦二組が入り乱れるスワッピングをテーマにしたもの、女子高生を女装の青年が誘惑するもの、レズのＳＭで、奴隷女が巨大な犬と交接させられる獣姦ものなどを老人は再生してみせた。

「ふうー」

四本目を見終わると直希は額の汗を拭い、吐息をついた。

「いやあ、こんな世界があったなどとは、今の今まで知らなかったですよ……」

清瀬老人は愉快そうな顔をして酒を舐めている。

「それじゃ、世界を見る目が変わりましたかな」

「ええ。さまざまなセックスを楽しんでいる人々がいるもんですねえ。私なんか女房と、淡々とすませていましたから、『桃色ドリーム』でフェラチオをしてもらっただけで驚いてしまったぐらいで……」

「いや、あの店はこのあたりでは一番穴場ですよ。若いピチピチした子ばかり集めてますからな。彼女たちの匂いを嗅《か》ぐだけでも私には薬ですわ」

そう言って時計を見た。

「お、そろそろ開店ですよ。どうですか、鹿沼さん。これから繰り出しましょうや。あなたも抜いてもらわないと、ムズムズが収まらんでしょう」

言われてみればそのとおりだった。

『桃色ドリーム』のさとみは、清瀬老人と一緒にやってきた鹿沼を見て、目を丸くした。

「どうしたのお、シカさん？　清瀬のお爺ちゃんと一緒なんて……？」

「いや、ひょんなことから仲良くなってさあ」

「分かった。この前、美登里ちゃんが市立病院で堕したときでしょう」

さとみは美登里とは仲がよい。病院で会ったことはもう伝わっているらしい。

「うん、バッタリ顔を合わせて……。そうそう、あの爺さん、美登里を孕ませたなんて自慢そうに話してたけど、ホント？」

「ふふ、シカさん、疑ってんの？　ほんとよ。美登里ちゃんはほかの男とやるとき、ちゃんと避妊してたから。たまたまお爺ちゃんの時はタイミングが狂ったんだって」

「へえー……。だけど凄いね、七十ぐらいでタネをつけちゃうんだから」

「夢見小路じゃ有名人なのよ。このお店だけじゃなくて、あちこちの店を回ってるんだから。ソープランドもしっかり行くし、ストリップ劇場も香盤《こうばん》が替わるたびに顔を出してるみたい。ほんとに好きなのねぇ」

「おいおい、そんなに遊んでちゃ、金がいくらあっても足りないじゃないか」

「土地を処分したんじゃないかなあ。このあたり、そういう土地成金の人が多いもん。美登里ちゃんには年金で暮らしてるみたいなことを言ってたらしいけど」

「年金でそんなに遊んで暮らせる人なんていないぜ」

清瀬老人は、親しくなればなるほど、ますます謎が深まる不思議な人物であった。

＊

それ以来、直希は週に一度か二度は清瀬老人の家を訪問するのが習慣になった。

膨大な裏ビデオのコレクションを見せてもらい、その後『桃色ドリーム』や他のピンク店を訪ねる。

老人の言動と裏ビデオの中で展開されるさまざまな性行動に刺激されてか、直希の行動もずいぶん大胆になった。店の定休日にさとみを誘いだし、ラブホテルで念願の膣性交を果たしたのを皮切りに、ソープランドでアナル・セックスをやらせてもらったり、別のピンクサロンでは三Pプレイも試みたりした。

「鹿沼さん。人妻売春ってのに興味ないかね」

清瀬老人は裏ビデオや好色本を蒐集するばかりではなく、過激な探究心と行動力をもちあわせている。どこで聞きつけたのか、付近の団地に結成されている人妻売春クラブとわたりをつけ、一日、自宅に呼んだこともある。

やってきたのは和子《かずこ》という、ローンの支払いに追われているという三十代後半の、いかにも生活の窶《やつ》れが窺《うかが》えるような人妻だった。中学生の息子がいるというが、プロにはない新鮮さが昂奮を呼び、直希は老人に勧められるまま、彼の目の前で二度も交接してしまった。

その後、老人が和子と交わったが、直希に抱かれているときはあまり反応を示さなかった人妻が、老人の隆々たる名器で抉り抜かれると、たちまち乱れて、獣のようなよがり声を張りあげ、尿道から透明な液を大量にしぶかせて失神してしまったのには驚かされた。

(精力でもテクニックでも、おれはこの老人にかなわない……)

直希は清瀬老人の色好み、絶倫ぶりに改めて舌を巻いたものだ。

# 第五章　ファミリーポルノ

そんなある日、いつものようにフラリと老人の家を訪ねると、

「こいつは鹿沼さんが苦手な少女モノですが、ちょっと毛色が変わってましてね、まあぜひ見てごらんなさい」

入手したばかりの『ロリータお仕置き教科書』というビデオを見せられた。

「ロリコンものですか。どうもねぇ……」

鹿沼は顔をしかめた。少女が大人の相手をするビデオは、どうしても娘のまどかのことを想起してしまう。つまり、娘と同年代のいたいけな少女が犯されるのを見て昂奮することに罪悪感というか後ろめたさを感じるのだ。

「いや、ロリコンといっても、正確に言えばファミリーポルノといいますか、実に変わったものです。まあ、モノは試し、見てごらんなさい」

そう強く勧められて、期待せずにブラウン管の前に座った。

舞台は、まずまず豊かな収入のある、中の上クラスといった家である。家具調度品の程度、室内装飾のセンスからそう推察された。

最初に登場するのは、家庭教師と思われる若い女性と、十歳ぐらいの可憐な少女だ。

直希の目は、家庭教師役の若い娘に吸いよせられた。名門校の女子大生ではないかと思われるような知的な雰囲気を漂わせていたからだ。

（ほう、こんな娘がポルノビデオに出るとは……）

直希は思わず身を乗り出した。

背丈はそんなに高くない。一見華奢な体つきだが、白いブラウス、黒いタイトスカートに包まれたバストやヒップの肉づきはよい。おそらく着痩せして見えるタイプなのだろう。切れ長の美しい目をしていて、鼻筋がスッと通っている。現代的というよりは古風なクラシック美人だ。長い髪を後ろで束ね、秀でた額を出しているヘアスタイルのせいか、知的で聡明な印象が強い。どう見てもこういった裏ルートで流出するようなアダルトビデオに出演するような女性には見えない。

部屋は、少女の個室という設定らしい。勉強机に向かって少女と家庭教師が並んで座っているのを、斜め横からカメラが撮影している。少女は写されているのが分かっているはずだが、案外カメラを意識せずに、ごく自然な態度だ。

家庭教師は少女の学校でのテストの結果をチェックしている。どうやら成績は思わしくなかったようだ。

「ダメねぇ。チエちゃん。どうしてこんな簡単なところで間違うの？　先生が教えたことをすっかり忘れてるのね」

そう言って叱責《しっせき》する若い娘。前髪を眉《まゆ》のところまで垂らしたおかっぱ髪の少女は俯《うつむ》いてもじもじしている。

「どうも、口で言っただけじゃ頭に入らないようね。これじゃ先生、チエちゃんのお父さんやお母さんに言い訳もできないわ。ちゃんと勉強する気がないなら、その気になるようにお仕置きしなきゃ」

家庭教師は少女のベッドの縁に腰をかけた。「さっ、ここに来て」と膝を叩く。

「お仕置きはいやだー」と怯《おび》えた表情を見せる少女。それでもおずおずと年上の女性に近寄る。家庭教師はグイと少女を引き寄せ、自分の膝の上にうつ伏せに、おなかをのせるように倒した。頭が家庭教師の左側に、お尻が右側になる。上体は低く頭は床のほうに垂れるとお尻のほうが上がる。

「いやだー。叩かないでー」

もう泣き声をあげる少女。とても演技とは思えないほど真に迫っている。

「それだったら、ちゃんと勉強すればいいでしょう！」

きつい口調で言い、若い娘は少女のスカートをまくりあげた。白いパンティに包まれたクリクリッとまるいお尻がまる見えになった。

「先生の言うことを聞かない罰よ！」

厳しい口調で叱りつけながら、二十一、二と思われる若い娘は少女のパンティをスルッと膝のところまで引き下ろしてしまう。

「あーっ、やーん！」

さすがに恥ずかしいのか、白いソックスをはいた、若い鹿のようなスンナリ細い脚をバタバタさせるチエ。二つの林檎《りんご》のような丘がプリプリ弾む。

（うーん、まどかもこんなお尻をしていたなあ）

画像に目を凝らしながら泣き叫ぶ少女の姿に思わず我が娘の裸像を重ね合わせてしまう直希。まどかも最近はあまり父親に裸を見せなくなったが、以前、まだ一緒に入浴していた時代もあったし、こうやって裸のお尻を叩いてお仕置きしたことだってなかったわけではない。

パン、パン、パーン！

家庭教師の娘は、左手で少女の首根っ子を押さえつけ、右手をふりかざして何度も臀丘《でんきゅう》にふりおろした。平手が素肌を打ち叩く小気味よい音が連続した。

「あっ、あっ、あーっ！」

少女は、最初のうちこそ打たれるたびに唇を噛み締めて苦痛を堪《こら》えていたが、そのうち大きな声で叫び始めた。

「痛い、痛いっ。痛いよう！　許してえ！」

白い臀丘が一度打たれると、パアッと朱が散る。掌形なりに打たれる部分が腫《は》れてきて、みるみるうちに赤く染まってゆくのだ。

「こりゃ、かなり痛そうですね」

そんなに冷酷そうに見えない娘が、かなり思いきりよくいたいけな少女の尻をひっぱたき続けるのに、直希は驚いた。カメラの前の演技のはずだから、少女が少し可哀相になる。

「なに、平手でお尻を打つだけじゃ、そんなにこたえんものです」

すでに一度、このビデオを見ている清瀬老人は、平然としてビールを啜っている。

スパンキングは二十回ぐらいも続いたろうか。少女は大粒の涙をぼろぼろ流して泣き叫んだ。

「許して、許してー！　言うことを聞くからあ！」

ようやく家庭教師はお仕置きする手を止めた。

「えーん、えーん」

泣きじゃくる女の子のお尻を、うって変わったように優しい手つきで撫でさする。真っ赤に腫れあがったその部分は、燃えるように熱くピリピリと疼いているはずだ。カメラは赤く染まった少女のお尻をアップにする。

少女の受難は、しかし、まだ終わらなかった。部屋のドアが開き、もう一人の女が入ってきたからだ。

三十を少し越えた、ちょっとバタ臭い顔つきの、やはり美人である。少女の母親らしい。

「どうしたの？」

自分の娘がお尻をまる出しにして泣きじゃくっているのを見ても、さほど驚かない。

家庭教師の娘は、答案用紙を見せて成績が悪かったことを告げる。母親の顔が厳しくなった。

「チエちゃん、いつになったらちゃんとお勉強する気になるのっ⁉」

今度は母親が実の娘をお仕置きする番だ。

哀れな女の子は着ているものを全部脱がされた。泣いて許しを請う少女の表情がひきつっている。

（こりゃ、本当に怖がっている……）

直希はいつしか画面の中に引きずりこまれていった。どっちかというと自分も少女を懲らしめる側に回っているのだ。母親や家庭教師と一緒になって少女を裸に毟《むし》り、いやがるのを押さえつけている。

「あーん、許してママ！」

顔を歪《ゆが》めて泣いているチエは、ベッドの上に仰向けに横たわる姿勢をとらされた。両手は頭の上に伸ばされて掌を組み合わせるようにさせられる。家庭教師がその手首を摑《つか》み、もう一方の手で少女の両足首を揃えて持ちあげた。Lの字に下半身を上向きに折りまげられた結果、少女のお尻がまる出しになる。無毛の亀裂が露《あら》わになった。乳房はまだ膨らんでいないが、乳首周辺がポツンと隆起してきている。やはり十歳前後の肉体だ。

母親は少女の机の上からプラスチックの定規をとりあげた。三十センチほどの長さのものだ。自分はベッドサイドに身を屈《かが》めるようにして、膝のところに片手をあてがってお尻をもっと上向きにする。仰向けになった少女の顔の真上に膝がくる、横倒しになったU、あるいはVに近い姿勢だ。こうなると生殖溝はもとより、肛門の蕾《つぼみ》まで露出されてしまう。直希は眉をひそめた。

（これじゃ、いくら子供でも恥ずかしいだろう）

もっとも、苦痛ばかりではなく、羞恥を味わわせるというのもお仕置きの要点なのだ。

うつ伏せの、いわば伝統的なスパンキング姿勢と違って、仰向けで、しかも二人がかりというと、お仕置きというよりもっと残酷な処刑の雰囲気だ。女の子はすでに激しく泣きじゃくり、頬を涙でぐしょぐしょにしている。

「さあ、ママはもう許しませんからね！」

厳しい口調で叱りつけると、母親が腕をふりかざした。プラスチックの定規が空気を引き裂くようにしてチエという少女のお尻に打ち下ろされる。

バシン！

また小気味よい音がして肉が弾けた。

「あーっ！」

平手打ちとは比べものにならない苦痛と衝撃に、少女の裸身はビクンとうち震えた。

バチン、バチン、バチン！

「ひーっ！　うーっ！　ああん！」

耐え難い苦痛に顔を歪めて悲鳴をあげ続ける少女。なんとか打撃を避けようと必死になってもがくのだが、家庭教師が力いっぱいのしかかるようにして手と脚を押さえこんでいるので、逃げようがない。何度も何度も定規で打ち叩かれると、赤い筋が何本も臀丘をよぎりところどころ、赤紫色に変色してゆく。

（こいつは、すごい……！）

いつの間にか直希は、母親が打ち据えるたびにビールの入ったグラスをグッと握りしめ、肩に力をこめていた。画面に映っているのは、本来性的な行為とは別の懲罰儀式なのだが、泣き叫び悶《もだ》え暴れる少女の裸身が直希の欲情を激しく刺激し、胡座《あぐら》をかいているズボンの股間がテントを張ったように盛りあがっている。下着がカウパー腺液で濡れているのが分かる。

「あーっ、許してえ、ママ。許してえ！」

「なにが許してよ！　何度言っても分からないくせに」

母親は憎々し気な言葉を吐き、定規を打ち下ろす動作をやめない。

「ひーっ、ひーっ……！」

少女の喉から洩れる声が、泣き声を通りこして、重病人のようなかすれ声になってきた。

（おやおや）

直希は思わず目を疑った。

冷酷に即席の鞭《むち》で尻を叩かれる少女の表情が、苦痛を堪えるというより、陶酔に近い表情を見せだしたからだ。もちろん打撃のたびにギュッと歪み、幼いヌードがびくんと躍動するのは変わらないが、その後はもう泣きじゃくったりわめいたりしない。磔刑《たっけい》を受ける殉教者のような、一種恍惚《こうこつ》とした表情になっている。それは性交しながら絶頂を迎えつつある成熟した女のそれに近い。

「感じているんですかね、この子?」

清瀬老人に尋ねると、

「ふむ。痛いのを通りこすと、ある種、気持ちよくなってくるのは大人も子供も同じということだな」

という答えが返ってきた。

(信じられない。こんな幼い子にマゾヒズムの萌芽があるのだろうか?)

直希はもう一度、画面に目を凝らした。

「あー、あー……、はあーっ……」

少女のふくよかな唇から洩れる喘ぎに、もう悲鳴はまじっていない。しっかりと閉じた瞼《まぶた》から は涙が溢《あふ》れるのをとめた。かといって無残な打擲《ちょうちゃく》はあいかわらず彼女の尻に与え続けられているのだが。

やがて母親は冷酷な尻叩きをやめた。家庭教師が哀れな受刑者を押さえていた手を放す。

「あっ、うーん……」

少女のいたいけなヌードが、ベッドのかけ布団の上にぐったり伸びてしまう。定規を投げ捨てた母親が、乱れた髪を手ですくって後ろにはねのける身振りをした。汗ばんだ頰は明らかにピンク色に上気している。

「さあ、これで懲りたでしょう」

一転して優しい口調になり、脱力した少女をうつ伏せにして、見るも無残に赤く腫れあがり、赤紫色、青紫色の定規の打痕が縦横に走るまるいお尻を撫でてやる母親だ。

「はあはあ、はあはあ」

少女は目を閉じ両手で顔を覆うようにして荒い息を吐いている。性交の後の女体のような艶《なま》めかしさが、まだ成熟に至らない少女のヌードから発散されている。それは直希の錯覚だろうか。部屋の角に置かれているカメラは、チエという少女の裸身をグーンとズームアップしてゆき、泣き濡れた頬、汗みずくの肌、腫れあがったお尻を舐めるように写してゆく。

撮影者の指図があったのだろうか、チラとカメラの方を向いた母親が頷くと、これまで傍観者の立場だった家庭教師が、改めて仰向けにさせた少女の下肢を両手で割り広げた。カメラが近づき、彼女の手で露出された幼い恥裂、会陰、肛門をアップにする。

外陰部は当然ながら無毛で、恥丘から下る秘裂はクッキリと柔らかい肉を刻みこまれている。家庭教師の指がさらに大陰唇を広げると、薄桃色した膣前庭の粘膜が露出した。

「ほう」

思わず直希は感嘆の声をあげた。清潔な粘膜は透明な液にまみれてキラキラと濡れきらめいていたからだ。

「これ、愛液ですかね、それともおしっこかな？」

「おしっこじゃないだろう。それだったら洩れてくるし、こんなに糸をひかない」

「そんな……。信じられないなあ」

「常識にとらわれてはいかんよ。幼いから性的な昂奮を覚えるはずがないときめつけるのは大人の独断よ。生後一年かそこいらの幼児がオナニーをしているという報告だってあるのだからな」

こういうことになると、本来なら保守的で頑迷なはずの清瀬老人のほうが進歩的な意見を吐く。

じっくりと無毛の少女の秘裂の内側を近接撮影した画像は、突然、ブツンと切れた。すぐに別の場面が映しだされた。

どうやら夫婦の寝室らしい。大きなダブルベッドが置かれている。

その上で女が二人、抱き合っている。同じ服をきたままの母親と家庭教師の娘だ。チエという少女に対するお仕置きを終えた直後なのだろう。

二人は濃厚な接吻をかわしながら互いの胸や腰をまさぐっている。彼女たちの足元のほうから狙っているカメラがゆっくりと近づいてゆく。撮影者はおそらく母親の夫、つまりチエの父親だろうと直希は思った。

二人の手が互いのスカートをまくりあげ、パンティの上から秘丘のふくらみや恥裂をまさぐる。母親は白、家庭教師のほうは淡いブルーのパンティを穿《は》いているが、愛撫の前から股布の部分が濡れてシミになっているのが分かる。明らかに二人とも、少女チエにお仕置きしながら性的に昂奮していたのだ。

やがて二人は素っ裸になった。母親はプロポーションはなかなかのものだが、乳房とヒップの張りにやや衰えが見られる。年下の娘のほうは若さが光り輝いているような肌だ。予想したように着痩せするタイプで、裸になると乳房と腰のふくらみは充分に豊かだ。恥毛は母親のほうが濃く縮れも強い。家庭教師のほうはややまばらで、まっすぐな毛だ。触ると絹のようにシナシナしていそうだ。

あいかわらず舌と舌をからめる接吻を続けながら、性器がカメラによく写るように、股をあられもなく開き、さらに指で互いに秘裂を割り広げあう。ズームアップされてベトベトに濡れている粘膜が画面いっぱいに拡大された。

母親の秘部はさすがに妊娠と出産を経験しているだけに紊乱《ぶんらん》なところがある。家庭教師のほうはそれに比べれば清楚《せいそ》な印象が強い。それでも大陰唇の腫脹《しゅちょう》が豊かで、性感に恵まれていそうだ。

やがて二人は相互吸陰の姿勢に入った。最初は母親が上で、そのうち若い娘のほうが上になった。

「来て」

母親が仰臥して自分の顔の上に年下の女を跨がらせた。若い女のゴムまりのような白い臀《でん》部《ぶ》が、年上の女の顔の上でひとしきり淫らにくねり、ベッドのヘッドボードにしがみつくようにしていた家庭教師は「ああ」と呻き、黒髪を振り乱し、遂には激しく恥丘を母親の顔に叩きつけるようにして絶頂に達した。ピンと反りかえる背。溢れる愛液を啜り呑む年上の女。

やがて家庭教師はみずみずしい裸身をぐったりとシーツの上に仰臥させた。

今度は、母親が年下の女の上に跨がった。カメラが執拗《しつよう》に舌の動きを接写する。愛液が若い娘の口元から溢れ顎《あご》を伝う。

「ああ、いい、いい」

「もっともっと」

「そこよそこ。あっ、ああー！」

年上の女はあられもないよがり声を吐きちらし、若い娘の頰をたくましい腿で挟みつけながらオルガスムスに達した。

ぐったりと伸びた二つの裸身を映した画面が、また暗転した。

暗い廊下をカメラがズンズン進んでゆく。

突きあたりに和室の引き戸。それを引き開けてカメラが室内に踏みこんでゆく。床の間のついた八畳間だ。その床柱に真っ裸の少女――チエが縛りつけられていた。お仕置きの後、そのままこの部屋に連れられて縛られたのだろう。これもまたお仕置きの一環なのだろうか。

それにしても、まだ十歳にもならない少女が全裸で緊縛されているという図は、ロリータものを敬遠してきた直希の目にもいたく刺激的に映る。

後ろ手に床柱を抱くように縛りつけられ、さらに胴のくびれと足首を紐でしっかりとゆわえつけられている。身じろぎさえままならない緊縛だ。しかも口を覆うように大きなタオルが巻きつけられている。猿ぐつわまでされているというのは、お仕置きとして尋常ではない。

そんな姿で放置されていた少女は、もう涙も涸《か》れはてた様子で、カメラが近づいてきても俯いたままだ。カメラが全身を舐めまわす。先程さんざんに打ち叩かれたお尻は、時間が経過したせいかもう真っ赤に腫れてはいない。ただ、あちこちに定規で打たれた跡がまだ紫色になって残っている。

カメラは少女の緊縛裸身を余さず写しとってから正面に戻り、そこで画面は真っ暗になった。

「ふうっ……」

直希は溜め息をついた。

「どうだね。なかなか変わって面白いビデオだろうが」

清瀬老人に股間の隆起もしっかり見られている。直希は頷いた。

「いやあ、昂奮しましたよ。でも、これは誰が作ったんでしょうか？」

「うん。これはふつうの裏ビデオとは違ったルートで流れてきたんだな。もともとは、こういったお仕置きものが好きなマニアの誰かが自分の娘を写した、いわゆる趣味のビデオなんだろうな。それが意図してかどうか分からないが外部に出回ったらしい」

「なるほど。それで画像も粗いんですね」

「そうさ。プロ集団は業務用の機材を使うけど、こいつは最初から最後まで家庭用ビデオカメラを回して撮ってる。カメラの動きもぎこちない。だが、その稚拙《ちせつ》なところがまたいいんだわさ」

「どういうルートで清瀬さんの手に入ったんですか？」

「蛇の道はヘビでね」

清瀬はニヤリと笑うだけだ。老人はこのほかにも春画やら昔のブルーフィルム、発禁本などを蒐集している。年季の入ったコレクターだけに、誰にも知られないルートを確保しているのだろう。直希はあまり詮索《せんさく》するつもりもないが、やはり興味をそそられる。

（いったい、どういう生活をしているんだ、この人は……？）

これまでも自分の身の上、経歴についてはノラリクラリとした話しかしない。ズバリ訊いてもまともな返答は期待できないと思うから、直希も真剣に追及する気はないが、それにしても不思議な人物ではある。

# 第六章　まどかの内緒話

その日は『桃色ドリーム』も定休日だったことから、直希は老人の家からまっすぐ帰宅した。自転車だと十五分ぐらいの距離なのだ。直希は運転免許がない。東京に住んでいた時はさほど必要を感じないが、この町に来てからは、やはり自分の車がないと不便を感じることが多い。そのうち教習所に通ってみようかと思うようになった。そうすれば娘のまどかを連れていろいろなところに出かける機会も増やせるだろう。

（最近は、どうも親と子の会話が不足しているような気がするからなあ……）

白昼から裏ビデオなどにうつつをぬかした罪悪感のせいか、自転車のペダルをこぎながら、しきりに自分の父親ぶりが反省されてならない。

二人暮らしを始めた当初は、まどかに心細い思いをさせないようにと何くれとなく注意を払い、夕食の時はもちろん、機会があればいつも話し相手になってやっていた。最近は父娘の生活が軌道にのっているから、夕食の時も簡単な会話だけしか交わさないことが多い。

（まあ、あの子も問題があれば相談するだろうし、別に心配ごともなさそうだが……）

そう思って強いて自分を安心させる。

別れた妻は妻で、やはり心配なのか、時々電話をしてきて自分の娘と長話をしている。ひと月かふた月に一度は外で会って衣服など何くれとなく買い与えたりしている。いつの間にかジュニア用の生理用品が洗面所の戸棚の奥に置かれていて、それで直希もようやく、我が子に初潮があったことを知らされたような具合だ。そういえば今年になって、ブラジャーをするようになった。それも実の母が買い与えたに違いない。うかつな父親と叱られても弁解のしようがない。

（男の子だったら、性のことも気軽に話せるだろうが、女の子となるとこっちも分からんし、向こうも話しにくいのかもしれないし……）

ブラジャーのことぐらい平気ではないかと頭では思うのだが、いざまどかの顔を見るとそういう話題を持ち出す気が失せてしまう。

初潮をみてから、まどかの印象が違ってきたせいだろう。

それまでふっくらふわふわしたマシュマロを思わせる体つき顔つきが、急にメリハリが出てきて、全体にキュッと締まってきたような感じがする。ぼうっと夢見るような表情はあいかわらずなのだが、単にあどけないというのとは違う、何か深い憂いにも似た大人びた表情がよぎる時があって、直希はドキッとさせられるのだ。

そういえば、乳臭かった体臭も、甘酸っぱい、男を悩ませるような匂いに変化してきたようにも思える。以前とは違って〝女〟が身近にいるという感覚が強まってきた。

（それにしたって、まだ十一なんだからなあ……）

直希は吐息をつく。娘が成長してゆくのが楽しみなのが親というものだろうが、彼は何かそら恐ろしい気がしないでもない。いつまでも無邪気な甘えん坊でいてほしいような気がする。それはわがままというものだろうか。

家に帰ってみると、まどかはまだ帰宅していなかった。夢見山小学校では鼓笛隊に入っていて、週に何度かは放課後の練習がある。今日もそうなのだろう。

しばらく書斎で机に向かって仕事をした。やがて吐息をついてパソコンのエンドキーを叩き、一服つけた。どうも仕事に身が入らない。

清瀬老人に見せられた裏ビデオのせいだ。

（それにしても、すごい迫力だったな、あれは……）

なかでも気になるのが、家庭教師役の娘だった。いかにも知的な女子大生といった感じの、清楚で気品のある娘が、わが娘をお仕置きして性的昂奮を得る夫婦と一緒に、どうしてあんなビデオに写る気になったのだろう？

（あの母親とレズった様子から、レズビアンであるようだが……）

思い出すと股間が熱く疼く。

（こりゃダメだ。仕事にならん）

『桃色ドリーム』が休みでも夢見小路には同じような店は多い。最近は朝の十時から営業している
ピンクサロンまである。

だが、今日は不思議にそういった店に行く気がしない。

（あの家庭教師の娘のような女がいるわけはないしなあ……）

さとみのようにアッケラカンとした娘も、性欲を処理するだけの相手としてなら問題はないが、馴《な》れ合ってしまうと、どうも心ときめくものがない。

（うーん、おれもやっぱり充実したセックスの相手を求めて再婚すべきなのかなあ）

人間というものは贅沢《ぜいたく》なものだ。性的飢餓をさとみのような女で満たすことができると今度はそれ以上のものを求めたがる。しかし、今の彼は収入こそそこそこにあるが、まどかがいる。こういう〝コブつき〟の男のもとにやってこようなどという女がいるものだろうか。

（まあ、ビールでも呑んで気をまぎらわせるか）

書斎を出、キッチンに行き冷蔵庫から缶ビールを取り出し、居間に面した庭に出た。そこにはちょっとした藤棚があって、その下はうだるように暑い日でもひんやりと風が吹き抜け

る。なんとなく仕事に気が入らない時や、一段落した時にはそこにデッキチェアを据えて、午睡《ひるね》したりビールを呑みながら読書することにしていた。

セックスのこととはまったく無縁のミステリを読みながらビールを啜った。暑くもなく寒くもなく、いい陽気である。缶ビールの酔いが回ってくると急に眠気を覚え、直希はいつしか眠りこんでしまった。

「ただいま」

娘の声で目が覚めた。

(あれ、眠ってしまったのか……)

三十分ばかり熟睡してしまったらしい。体がけだるくて起きあがる気にならない。

「お父さん、いるのう？」

まどかとは別の、女の子の声。どうやら友達が一緒らしい。

「パパ、出かけてんのかなあ……。ここんとこ、よくヒョコッと出かけんだよね」

まどかの声。書斎にも居間にも姿が見えないので訝《いぶか》しんでいる。

「窓、開けっぱなしにして、泥棒に入られちゃうじゃない。困ったパパだなあ」

娘は父親がフラッと散歩か何かに出かけたのだと思ったようだ。藤棚の下は家からは死角になっているので、直希がそこにいることに気がつかないようだ。

キッチンで冷蔵庫のドアが開閉する音。コーラかジュースを取り出したのだろう。

バタバタと階段を上がってゆく二つの足音。やがて頭の上でガラス窓が開く音がした。まどかの部屋だ。

「すてきだよねー、まどかのパパは。学者みたいな感じで。機械を使っていつもむつかしそうな仕事してるから……」

その声から、鼓笛隊で一緒の同級生だと分かった。関口朋子《せきぐちともこ》といい、この住宅団地の入り口にある雑貨屋の娘だ。家が近いせいか一番仲がよい。まどかよりは大柄で、性的な面でも早熟していると睨んでいる。芸能界のアイドルタレントの情報などについてものすごく詳しい。芸能界に憧れていて、ゆくゆくは自分も歌手とかダンサーになりたいらしい。

「そうかなあ」とまどか。

「そうだよ。授業参観の時だってさ、一番目立つじゃん？　ああいうお髭《ひげ》生やしてる人、このあたりにいないし」

「夢見山に来てから生やしたんだよね。前から伸ばしたかったんだけど、サラリーマンの時は会社が禁止してたから伸ばせなかったんだって」

少女たちの会話は、窓を開けたせいで、すぐ下にいる直希の耳によく聞こえる。

眠気がさめないまま、ぼうーっとデッキチェアに横たわったまま、聞くともなしに聞いていると、朋子が学校の話題を持ち出した。

「ねえねえ、まどか。今度の新しい先生、どう思う？」

「どう思う、って……。いい先生だと思うけど。優しいし」とまどか。

一学期の半ばで、それまで担任だった鳴海淑恵という女教師が休みがちになった。そのうちまったく来なくなり、夏休みに入るまで教頭と時間講師の教師が交替で授業した。二学期が始まると同時に、新しい担任が決まったとまどかは言っていた。鳴海教諭よりも若い女教師だとは、まどかの口から聞いていた。

「補助で来たバイトの先生に担任を持たせたって、ウチのお母さんなんかブツブツ文句言ってたよ」

「だって、私たちが卒業するまで面倒見てくれるんだもの、補助だっていいじゃない？ 時間講師の先生よりいいでしょ」

「それはさあ、前の淑恵先生より、今度の先生のほうが優しいことは確かだけど、京太なんかになめられてんじゃないか、って気がするんだけどな」

「そうかなあ、私は鮎川先生、京太をうまく扱ってると思うよ。淑恵先生ってすごくムキになってたでしょ。京太は相手がムキになればなるほど喜んで、イヤがらせをする子だから……」

　五年の時から担任だった鳴海教諭は確かに教育熱心だったが、まどかが言うように、ムキになりすぎるきらいがあった。父母あての連絡帳に書かれた子供の寸評も「もっと積極的に発言するように」「もっとクラスの仲間と溶け合うように」などと「もっと……するように」という文体ばかりだったので驚いたものだ。

「クラスの中に吉松京太という問題児童がいて、その子がやたらと反抗してばかりなのでまともな授業ができない。父母で話しあって京太の父親に談判してほしい」という回覧がまわってきたこともあった。その時まどかに、「この、吉松京太ってどんな子なんだい？　皆をいじめたりするのか」と訊くと、まどかは「淑恵先生が言うように悪い子じゃないんだけどなあ」と、どっちかというと京太という子の肩をもつ態度だった。

　吉松京太に関しては、授業参観の時に見て、ずいぶんと大人びた言動をする、体格のいい生徒だと思った記憶がある。小学生でもうニキビもあり、脂ぎった風貌《ふうぼう》は他の母親たちの話では、この地区の有力者である父親そっくりだという。

　要するに昔でいうガキ大将なのだろうと、直希は軽く考えていたのだが、鳴海淑恵はそうは思っていなかったようだ。彼女は校内で異常な言動を見せるようになり、やがて学校に来なくなった。近所の母親たちの噂話では「仕事熱心のあまり、ノイローゼになったのではないか」という見方がもっぱらだった。その原因に吉松京太の反抗的態度があったことは事実だろう。

（だが、確かにヒステリックなところのある女性だったな……）

直希はぼんやりと鳴海淑恵のことを思い出した。いつもカッチリした男っぽい仕立てのスーツを着て、度の強い眼鏡に髪は短く切り、唇をキッと真一文字に結んでいた。

父母懇親会の時、彼が男手ひとつでまどかの面倒を見ていると知って、「それはまどかちゃんが可哀相です。再婚しなさい」と、命令口調で言われたのには驚いた。

つまり彼女は、男親が女の子を育てることなど最初から無理なことだと確信しているのだ。ホステスのさとみに真剣な口調で「新しいお母さんを見つけてあげなきゃ」と言われたときはジンと胸を打たれたものだが、鳴海淑恵に頭ごなしに言われた時は、

（余計なお世話だ。再婚しようがしまいが人に指図されることじゃない）

口には出さなかったが、ムカッときたことは事実だ。彼女には、自分の思いだけが先行して相手のことを思いやる余裕が足りないような気がした。

まどかは今度の担任を好ましいと思っているようだ。本当にそうであればいい、と直希は思った。

直希が庭にいて自分たちの話に聞き耳を立てているなどとは知らない二人の少女は、なおも学校のことをしゃべっている。

（盗み聞きだな、これは……）

ちょっと気が咎《とが》めないわけでもないが、途中で自分がいることを知らせるきっかけを失ったので、だんだん顔を出しにくくなった。それに、娘たちの本音を聞いてみたい気持ちも強い。

「まどかは京太のことを悪く言わないけど、それはいじめられたことがないからよ。あいつ、元町の子ばっかりいじめて、まどかみたいな新町の子はいじめないんだもの。ずるいんだ」

元町とか新町というのは町名ではない。このあたりは古くから住んでいる住民と、宅地開発の波に乗ってやってきた新しい住民の家が入り組んでいる。たとえ近所に住んでいても、元からいる住民を「元町の人」、新しい住民を「新町の人」と地元では呼ぶ。農村地帯におけるよそ者を差別する旧弊な意識の名残で、そういう呼称になったのかもしれない。元町と新町の住民の間にあまり交流はないが、子供たちもそうなのだろうか。

「だってミッちゃんもスカートしょっちゅうまくられてたでしょ。ユカちゃんなんかトイレに連れてかれたし。二人とも新町の子よ」とまどか。

（なんだ？「トイレに連れてゆかれた」っていうのは？）

直希はびっくりした。京太は同級の女の子を便所に連れ込んで悪戯《いたずら》するらしい。確かにあの小学生とは思えぬ体格、容貌からして、性的な面でもそうとうに早熟だと思われる。

「京太のスカートめくりは女の子に対する挨拶みたいなもので、あいつ悪さをしてると思ってないんだから。ユカはねえ、あの時ドングリ入れられて親が怒って京太の家に怒鳴りこんだでしょう？　ユカのお父さんは建設省から県庁のほうに来たお役人だから、京太の親父さんも困ってしまったのよ。京太はさんざん叱られて『新町の子はいじめるな』って言われたらしいの。それからよ、元町の子ばかりいじめるのは」

「いじめるっていったって、トイレの中で触られるだけじゃない。触りたかったら触らせてやればいいのよ。身体検査の時に校医さんに触られてるじゃない」

「そんな、まどか……。お医者さんに触られるのと京太にいじられるのはぜんぜん違うよお。パンツを脱がすのよお」

　まどかがあんまりケロリとしているので、朋子のほうがムキになっている。直希はつい身を乗り出すようにした。いじめっ子のリーダーである京太に対して、まどかはどうして寛容なのだろうか。そういうことに対して一番嫌悪感を示すと思っていたから意外だった。

「朋子はトイレで触られた？」とまどかが問い返す。

「う、ううん？　私はやられてないよ。だいたい誰を狙ってるか分かるんだ。気配を察して逃げちゃうから……。ケイコとかアヤに聞いたんだよ。最近はずうっとケイコがやられてんの、知ってるでしょう」

「うん。でも、ケイコちゃんはあんまりイヤがってないよ。ニコニコして出てくるじゃない」

「でもねぇ、聞いてみると京太ってイヤらしいんだから。パンツ脱がして割れ目のところを広げて、いじくりまわすんだから。それからね、自分のを触らせるんだって」

「自分のって？」

「いやだ、まどか。決まってるじゃない。オチンチンよ。ほれ、あれ固くなるでしょ。それを握らせてこすらせるんだって。精液が出るまで」

「精液って、オチンチンから出るんだっけ？」とまどか。

「何言ってんの。保健の時間にビデオで見せてくれたじゃない。精子がオチンチンの先から出て、膣から入って子宮で赤ちゃんになるって」

「子宮で卵子と一緒になって、それから赤ちゃんになるんだよ」と訂正するまどか。

「それはいいけど、とにかく精液がオチンチンから出るの。男の子は」

「そうかあ。精子と精液って同じなのか。でも不思議だね。ほんとにおしっこと同じ穴から出るの？」

「えーと、たぶんそうだと思うよ……」

一応、学校で基本的なことを教えてはもらっているらしいが、男性の解剖学的なこと、射精現象、性交の具体的な行為となると、さすがにまだこの年頃だとハッキリ分かっていない。それにしても、京太がトイレに女の子を連れ込んで陰部を触り、あまつさえ自分の陰茎をしごかせて射精に至る、というのは驚いた。

（小学校六年のくせに射精するとは、すごい奴だ）

直希が初めて夢精したのは中学校一年のときで、自慰に耽溺《たんでき》するようになったのは中二の頃だったはずだ。やはり京太という少年はそうとうに早熟である。

まどかは射精にこだわっている。

「じゃ、ケイコに聞いてみれば分かるよ。朋子は仲がいいんだから、どっからどうやって出るのか、もっと詳しく聞いてみれば？」

「ケイコだってあんまりいい気持ちしないから、見てないんだって。ただこうやって握ってこするようにしてやると、先っちょからビュッビュッとヌルヌルした液が飛び出すんだってよ。そうすると京太はすごく気持ちいいみたい」

「ふーん、要するに、オナニーをケイコにやらせてるんでしょ」

「あ、オナニーだって！　まどかはオナニー知ってるの？」

「あそこをこすって気持ちよくなることでしょ？　知ってるよお。本には清潔にしてやれば悪いことじゃないって書いてあったよ。朋子は知らないの？」

「え？　うん、いやだなあ、まどかは……。少しは知ってるよ」

逆襲されてタジタジとなった朋子だ。彼女のほうが早熟で、たぶんまどかより早く初潮を迎えたに違いないのに。

（へえ、まどかはオナニーを知ってるのか。知識として知ってるだけなのかな、それとも実行してるのだろうか？）

直希は少女たちの会話の中身にたじたじとしている。彼が想像しているより、今の小学校六年生はずっと性的なことに関心をもっている。もう無邪気な夢見る少女ではない。

「だけど、精液って手がベタベタしてヘンな匂いがするんだってよ」と朋子。

「でも、イヤなら逃げればいいのに。ケイコは真剣になって逃げてないもん。先生にも言いつけないし」

「鮎川先生に言いつけても仕方ないよ。あれだけ淑恵先生が叱ったり親のところまで行ったりしてもやめないんだから」

「ケイコ自身の問題なんだから、本人がされてもいいと思うんなら私たちが何だかんだ言っても仕方ないと思うよ」

「まどかって何考えてんだろう？　じゃ、まどかは京太にトイレに連れ込まれたらどうする？」

「どうする……って言われても、その時になってみなきゃ分かんないよ。でも、イヤだったらイヤって言うし」

「京太は力が強いから、イヤだって言っても自分の言うとおりにさせちゃうよ」

「…………」

まどかは沈黙してしまった。しばらくしてから、静かな声で言った。

「どうしても京太が触らせたいのならしてあげる。そんなこと、たいしたことじゃないもの」

「あれー、まどかってそんな子じゃないと思ってたけどなあ」

朋子が呆れた声をあげた。

「どうしてえ？　京太だってふつうの男の子だよ。みんなが嫌いだとか怖いだとか言うからよけい暴れたりいじめたりするんじゃないの。トイレに連れてって触ったり触らせたりするのだって遊びの一種よ。遊びの相手してあげればいいんだわ」

「えーっ……。遊び？　あれ、遊びかなあ……」

意外なことを聞かされて朋子は混乱したようだ。口ごもってしまう。

(これは面白い)

直希は思わず笑いだしそうになった。京太というガキ大将の行為を、まどかは遊びととらえ、朋子はいじめの一種だととらえている。

(なぜまどかは遊びだと思うのだろう？)

直希も朋子と同様、まどかはそういう行為を強制されるとイヤがるのではないかと思ったのだが。

(あるいは、まどかは京太という子が好きなのかもしれない)

ひょいとそんな気がした。外見は大人でさえギョッとするぐらいふてぶてしく、無敵とうたわれた黒人ボクサーに似ていなくもない容貌だが、まどかはその外見の内側を見ているのかもしれない。

(だけど、そんなことがあり得るだろうか……？)

父親としては、やはり娘が好きになるのは、ごくふつうの少年であってほしい気がする。京太という少年には、粗暴とか野卑という以前に、大人たちが理解できない自分だけのルールで生きているようなところがある。

少女たちの話は、今度はほかの男の子の話題になった。

「京太なんかよりもさあ、私は雅史クンのほうが好きだよ。雅史クンなら何されても怒らないけど」と朋子が言う。

「ふーん」

まどかは気のない様子で答える。雅史という子については、直希もよく知っている。彼らが夢見山に来る少し以前、マスコミで大々的に報道された〝西城町助教授夫妻殺し〟の被害者のひとり息子だということは、イヤでも耳に入ってきた。

これまでの授業参観の時に見た小田桐雅史の印象は、京太とはまるで対照的なものだった。色白で華奢な体格。目から鼻に抜ける怜悧《れいり》さが感じられるハンサムな容貌である。確かに朋子が「好き」というように、少女たちにもて囃《はや》されそうな甘さがある。京太が発散させている「男」あるいは「牡」という強烈な体臭のようなものは雅史にはない。どちらかというと中性的な、非常に優しげな雰囲気なのである。朋子のような同世代の少女たちは、そういった中性的な優しさを愛するのかもしれない。

さらに、早くに両親を、しかも悲劇的な形で失った——という雅史の経歴が少女たちの同情を誘うのは当然で、本人がそのことについて黙すれば黙するほど、「健気」だとか「気丈だ」と大人でさえも評価してしまう。周囲の少女たちが悲劇の主人公である雅史に対して好意的であり、それがロマンチックな感情になっても不思議ではない。

（つまり、まどかのクラスには雅史という二枚目と、京太という悪役がそろっているわけだ）

ところが、まどかの雅史に対する感情は朋子たちのとは違う。

「ねえ、まどかはどうなのよ？」

朋子に問い詰められて、

「うーん、どうなのって聞かれても、関心ないから……」

「えーっ、なんでー？　雅史クンのどこが嫌いなのよ？　頭はいいし、女の子には優しいし……。まあ、体育がちょっと苦手だけど、京太なんかよりずっとすてきじゃん」

「嫌いとか好きじゃないんだよ。関係ない人って感じ」

直希も驚くほどクールな態度なのだ。

「いやだあ、おかしいよー、まどかは。京太のことをかばったり、雅史クンに冷たくしたり……」

朋子もまどかの心根を理解できないでいる。白馬に乗った憂い顔の王子さまが目の前にいるのに、誰もが忌み嫌う悪役を好きになる心理が分からないらしい。

直希は尿意を覚えた。ビールのせいだろう。いつまでも盗み聞きばかりしていられない。

そうっと庭先から玄関に回り、わざと足音をたてながらドカドカと家の中に入る。

「おーい、まどか。帰ってるのかあ？」

声をかけると階段の所から首だけ出して、

「うん。帰ってるよ。パパったら窓を開け放しにして出かけて無用心じゃないのお」

「いや、煙草を買いにそこまでと思ってね……」

こうすれば、まさか庭で盗み聞きしてたとは思うまい。家の中に入り、放尿をすませてから書斎に戻る。

やがておしゃべりを終えて朋子が帰ってゆくと、まどかが書斎にやってきて印刷された紙を手渡した。

「パパ……。授業参観と父母懇親会のお知らせ。新しい担任の先生が決まって初めての集まりだから、なるべく都合をつけて出て下さいって」

# 第七章　地下室のオナニー

職員室で鮎川まり子は考えていた。

（やってったほうがいいかしら？）

授業参観と父母懇親会の当日である。

夢見山小学校では、授業参観は土曜日の午後に行なわれる。一番父母の集まりがいいからだ。まり子にとっては初めての授業参観だ。

自信はあった。六年三組の担任になってから日は浅いが、子供たちの心を把握することにだいたい成功したと思っている。最初に教壇に立った日のあの浮わついたざわめきは、もう起こらない。

問題児だった吉松京太は、新しい担任が鳴海淑恵のように自分の一挙一動をうるさく叱らないのにかえって驚いたようだ。今のところあえて授業を混乱させることもなくなった。少女たちに対する性的な悪戯は続けているようだが、されている少女がわりあい平気な顔をしているので、まり子はあまり騒がないことにしている。

授業のための準備はすべて整えた。それでも、昼休みが終わり近くなると緊張が高まって動悸《どうき》がしてくる。

父母たちは、学年の途中で担任が交替したこと、一学期末の試験ではクラスの平均点がほかのクラスよりがくっと落ちたこと、まり子が補助教員で、担任を持つのは初めてであることを知っている。自分の子供たちがキチンとした授業を受けていないのではないかと疑心暗鬼の目で彼女を見るに違いない。その視線はやはり相当なプレッシャーになる。

「ふーっ」

大きく吐息をついて、思いきって立ち上がった。

(まっ、肩の力を抜いたほうがいいわね)

問題はどこでするかだ。

ふつうなら職員用のトイレなのだろうが、女性用は数が少ない。長く閉じこもっていたら不審がられそうだし、無意識に声を出してしまうのが怖い。

(となると、新築校舎の中かな)

この校舎の裏手に建築中の校舎は、外壁と屋根は完成し、いま内装工事にかかっている。ふだんなら職人がいて騒がしいのだが、昼休みの間は誰もいなくなる。

（それに、地下室のほうは全然人の出入りがないみたいだから……）

まり子は廊下を歩いてゆき、そうっと校舎の裏手に出た。そこは職員の臨時駐車場になっていて、何台もの車が駐《と》まっている。生徒や職員の姿はまったく見えない。砂利を踏みしめながら新校舎の通用口まで行き中を覗きこんだ。案の定、人っ子一人おらず、森閑と静まりかえっている。

（しめしめ……）

足音を忍ばせながら、塗料や接着剤の匂いがたちこめる中に踏みこんでいった。

通用口のすぐ左手に、地下に下りてゆく階段がある。一度覗いてみたら、そこは機械室になるらしく、ボイラーやら太いパイプなどが据えつけられていた。

まだ照明工事は完成していないが、天井に近いところに明かりとりの窓があり、真っ暗というわけではない。剝き出しのコンクリートの床をそうっと足音を殺しながら奥へと進んでゆく。

（ここなら大丈夫……）

一番奥までやってきて、フッと息をついた。適当に空間が開いていて、段ボールの空箱やら緩衝材などが積み重ねられている。ちょうどよい具合に、床に青いビニールシートまで畳まれている。何に使ったのか分からないが、あまり汚れていない。

（これで鏡があればいうことはないけど……）

まず壁ぎわに折り畳んだ段ボールの箱を立てかける。その前の床にビニールシートを敷き、尻をおろす部分にもう一枚段ボールを敷く。埃《ほこり》がつくのを考えて、手早くスーツとブラウスを脱いだ。父母たちの視線を浴びることを考えて、大学四年のときに作った、無難なリクルート・スーツを着てきたのだ。

スリップ一枚になって、段ボールの上に尻をおろし、背を壁にもたせかけた。ビニールシートの上で両足を思いきり広げる。

目を閉じ、両手でスリップの前をはだけブラのカップから乳房を剝き出しにする。

（さあ、まり子。可愛がってあげる。父母の前で落ち着いて授業ができるようにね……）

指で乳首をつまみクリクリとこねまわすようにすると、すぐに充血して固くなってゆく。ローズピンクのパンティは、股布の部分がもうじっとり湿っている。

——緊張してアガってしまうのを避けるためには、その前にオナニーをするのがよい、とまり子に教えてくれたのは、女子大生時代、ディスコで知り合い、ベッドを共にしたことのあるスチュワーデスだった。

彼女は自分が乗務する機が墜落するのではないかという不吉な予感に悩まされていた。いろいろ試してみた結果、搭乗直前にトイレの中でオナニーを行なうのが一番だということが分かった。時間に追われているのであわただしい自慰だが、一度絶頂に達すると胸の中にモヤモヤ渦巻いていた不安感がすうっと嘘のように消えてしまうという。

　その時はなにげなく聞いていたまり子だったが、教育実習で実際に教壇に立ってみて、自分がひどくアガる癖をもっていることに気がついた。頭のはたらきと口や手の動きが同調しないのだ。

「困った」と悩んでいた時に思い出したのが、あのスチュワーデスの話だった。そこで授業の前にトイレの中で実際に試してみたところ、肩の力がすうっと抜けて驚くほど冷静になって教壇の前に立つことができた。

　この小学校に赴任してからまだやったことがなかったが、今日は最初の授業参観とあってどうしても緊張している。それをほぐすためにまた試みる気になった。

「あ、はあっ……」

　充分に勃起した乳首を軽く指先で叩くようにすると、ビーンビーンとやるせない快美感覚が電流のように体を駆けめぐる。それからスリップの裾をたくし上げ、パンストの上から秘部に触れる。秘丘の底、やはり勃起しているクリトリスの上から指圧するように指の腹で揉みこむと、ズーンと脳まで痺れるような快感が突き抜け、

「あ、ううう……！」

あられもない喘ぎ声が洩れるのを嚙み締める。

「はあはあ、はあ」

ヒップをもじもじさせながらパンストごとパンティを腿まで引き下ろす。裏がえしになった股布にハート型に愛液のシミが広がって、分泌物がキラキラ光っている。ツンと鼻を刺激する自分自身の秘部の香り。やや酸っぱみを帯びた乳酪の匂い。まり子はその匂いを決して嫌いではない。

サラサラした秘毛の感触を掌に感じながら、右手の人さし指と中指でクリトリス包皮を揉みこむように刺激し、もう一方の手を秘裂にあてがい、指先で充分な潤いを確かめる。クリトリスを刺激しつつ、そうっと左の人さし指を、次に中指を温かい蜜で潤っている珊瑚色の粘膜に触れ、侵入する口をさぐってゆく。

「うっ……！」

二本の指がスウッとなめらかに桃色の洞窟《どうくつ》の奥へと埋没してゆく。我が身を責めるように指の腹で内側のザラザラした壁をこすりたて、搔きまわすようにすると、また鋭い電撃のような快感が脳天まで駆けめぐり、ビクビクッと剝き出しの下腹から太腿へかけての筋肉が震えてしまう。

「はうっ。あ、あう、はあ……」

乳房は揺れ、甘酸っぱい秘部の匂いが濃厚にたちこめてゆく。甘美な刺激を楽しみながら、クリトリスを圧迫している指をカスタネットを打つように顫《ふる》わせる。同時に膣の中に挿入している指を上向きにして、クリトリスの根元に向かって突き上げるようにする。ズーンという重苦しい快感がハンマーのように彼女を内側から叩きのめした。

「あ、あーっ。うっうっうー……」

獣めいたよがり声が喉の奥から絞りだされてくる。ビチャビチャグチョグチョという、溢れ出てくる愛液の壺を掻きまわす音がたまらなく淫靡《いんび》で、彼女の陶酔はますます深まり、

「あ、あっ、あうっ、イク、イクーうっ！」

閉じた瞼の裏が一瞬、空白になった。ピンク色の星雲が爆発し無数の星が四散する。まり子は叫びながらビッと太腿を閉じ、思いきり背筋を伸ばし、下腹を宙へと突き上げた。すべて無意識の動きだ。

青いビニールシートをガサガサ擦りたてながらハイヒールの踵《かかと》が痙攣《けいれん》する。

「あ、あう、うー、ふーっ……」

まだ新米の女教師は、荒い息を吐きながら、しばらくぐったりとして壁にもたれかかっていた。

甘く痺れるような余情が薄れてゆき、徐々に正気にかえってゆく。閉じた瞼を開ける。

(あれ？)

最初に目に飛びこんできたのは白い布きれだった。

彼女が動かした段ボールの箱の陰に落ちていたのだ。

(パンティじゃないの、これは？)

そうっと身を起こし、自分の分泌した液で濡れたままの指でつまみあげた。

間違いなく女性の秘部を覆う下着だった。

(子供のじゃない。大人のものだわ)

レースとかフリルとか、そういった飾りの一切ないごくシンプルな白いパンティである。安物ではない。シルキー加工をほどこした肌ざわりのよい素材で作られている。

裏返しにしてみると、二重になったクロッチの部分に黄褐色のシミが船底型に縦についている。排卵日後におりものが濃くなるとこういった汚れが付着する。

(ちゃんと女性が穿いていたものだわ)

分泌物はカサカサに乾いている。そのために匂いも消えてしまっていた。パンティも埃まみれになっているところを見ると、捨てられてからずいぶん時間が経過しているようだ。

(誰がこんな所にパンティを脱ぎ捨てたのかしら……？)

生理出血、あるいは失禁などで下着を汚した場合、その場で捨ててしまうということは考えられるが、このパンティはそこまで汚れたものではない。まり子は首をひねった。

とにかく自分の始末をするために立ち上がり、スーツのポケットに入れておいた携帯用のティッシュペーパーで秘部を丁寧に拭った。彼女の場合、愛液の溢出はオルガスムスの後もしばらく続くので、いずれにしてもパンティにシミを作ってしまうのだが。

身仕度を整えてから、改めてコンクリートの床の上を調べた。

また白い布きれが見つかった。これも段ボールの陰に投げ捨てられていたのだ。肩紐の引きちぎられたブラ。さらに撚《よ》りあわせて紐状になった肌色のパンティストッキングも。

ブラジャー、パンティ、パンティストッキング。

(女性の下着一式がどうしてこんな所に投げ捨てられているのかしら……?)

着替えをしたのではない。ブラの肩紐がちぎれたり、パンストがズタズタに伝線しているのは、暴力がふるわれたことを示唆している。

(強姦……?)

その考えは一番最初から頭に浮かんでいたのだが、まり子の理性が最後まで受け入れるのを拒んでいた。しかし、どう考えてもそれしかない。考えてみれば、この場所は女性をひきずりこんで犯すのには最適の場所だ。悲鳴をあげても外部には聞こえないだろう。

(だけど、どうして小学校の校内でレイプが起きるの……?)

ぶるっと震えながら、それらの下着を握りしめたまり子だった。汗が冷えたのだ。

＊

授業参観は、きわめてスムーズに進行した。子供たちの表情は明るく、誰の目も輝いて新しい担任の女教師が次から次へと繰り出してくる質問を真剣に考え、解き、元気よく答えた。小学六年には難しいと思われる図形と角度の問題は、まり子が巧みに張りめぐらした思考の扉を次々に開けてゆくことによって、劇的に解かれてゆき、そのたびに、「はあー」「へぇー」と驚きの声が室内に充ちた。

父母たちも最初のうちは押し黙っていたが、やがて子供たちと一緒に笑い、驚きの声をあげ、我が子が誇らし気に答えを導きだしてゆく姿を写そうと、何度となくフラッシュが光った。子供たちは自分たちがある種の特別な舞台でドラマを演じているような錯覚に陥り、時々、京太が発する突拍子もない野次も、その昂奮を高めるのに役立つほどだった。

（やれやれ、うまくいったわ）

終業のベルが鳴って、まり子はホッと胸を撫でおろした。彼女の能力に不安をもって教室に入ってきた父母たちが、今は安心したように屈託のない笑顔で挨拶を交わしている。それまでは強いて大人たちを見ないようにしていたまり子だが、チョークを置いてからようやく教壇の上から眺め回す余裕ができた。

（…………!?）

子供たちの礼を受けて顔を上げたまり子は、自分に注がれる強烈な視線にたじろいだ。一番角のほうからジッと自分を見つめている男がいた。背がひょろりと高く、眼鏡をかけて口髭を生やしている。温厚な顔だちだが視線は別だ。何かひどく驚いたように目をみひらき、まり子を凝視しているのだ。

（誰の父親かしら？　どうして私を見つめているのかしら？）

妙な気持になった。ふつう父親が我が子の担任教師を眺める時は、そんなふうな目をしないものだが。

# 第八章　裏ビデオの教師

鹿沼直希は、教室に遅れてやってきた。

午前中に書き上げた原稿をメールで送るはずが、相手側の機械の調子が悪く、何度も試みた結果うまくいかず、結局、ファクスを使うことになったからだ。パソコンだと瞬時に送稿できるものが、ファクスだと一時間もかかってしまう。そんなわけで、六年三組の教室に入ったのは、もう公開の授業が終わりに近づいたところだった。

(やれやれ、まどかに叱られる)

そう思いながら他の父母の背後から教壇の上を眺めて、

(ほう、なかなかチャーミングな先生じゃないか)

鮎川まり子という新任の教師を初めて見て感心した。わりと小柄な体をキチンとスーツに包んでいる。結構、プロポーションはよい。日本的な美貌の持ち主だが聡明そうだ。いかにも子供が好きという感じの優しい笑みを浮かべて熱心に教えている。その表情が豊かだ。まどかに似て切れ長の目がイキイキと輝き、驚き、笑い、首を傾げ、睨み、感心する。全身で教えることの楽しさを味わっている。キッチリした仕立てのスーツに包まれた健康な肉体が、教壇の上をキビキビ動き回るのは見ていても楽しい。

「補助で来た若い先生というので心配だったんですが、なかなか上手に教えてますなあ」

「前の先生はちょっときつい人でしたから、生徒がオドオドしてましたけど、今度はそういうことがありませんわね」

「ハズレ先生でなくてよかったわ」

そういう感想が周りから聞こえてきた。直希も同感だった。娘のまどかを見ると、真剣な目で教師を見つめ、時々「わかった」というふうにコックリ頷いたりしている。遅れて父親がやってきたのも気づかない様子だ。すぐ飽きがくる子供たちを、これだけ授業に引きつけておけるというのは、なかなかできるものではない。

直希はつくづくと鮎川まり子の顔を眺めた。

ふいに、ある若い娘の顔が彼女の顔と二重映しになった。

切れ長の涼しい目。鼻筋がとおって、どこか古風な顔だち。知的な印象を与える秀でた額――。ギョッとした。

（えっ。この女性……、あのビデオの……⁉）

ないか。

一度、清瀬老人の家で『ロリータお仕置き教科書』なる裏ビデオを観せてもらったことがある。あの中に出てきた女家庭教師の印象が、いま目の前にいる鮎川まり子にそっくりではないか。

直希は目を凝らした。

ビデオの娘は、女子大生的な印象が強かった。長い髪を後ろにひっつめて束ね、額を出していたからだ。

鮎川まり子のヘアスタイルは、ミディアムレングスのナチュラルウエーブ。ビデオの娘よりずっと成熟した印象だ。しかし、その髪を変えれば……。

(そっくりになる……!)

脳裏に、いたいけな少女の尻をビシビシと打ち据えてお仕置きしながら、目をキラキラ輝かせ、微笑を浮かべていた家庭教師の姿かたちが再生される。

(まさか、そんな……。しかし、似ている。この女性が家庭教師をしていたとしても不思議はないはずだ)

符節は合う。しかし確証はない。あのビデオはアマチュアが家庭用のカメラで撮影した画像をさらにダビングしていて、とても鮮明とはいえなかった。

(ヌードになれば体つきや恥毛の生え具合で分かるのだが……)

もちろん、直希がこの女教師の裸を見られるわけがない。

終業のベルが鳴った。児童たちの礼を受けて頭を下げたまり子が、びっくりしたように直希を見つめてきた。あまりにも露骨に眺めていたからだろう。

(こりゃいかん……)

あわてて目をそらせる。そこにまどかが飛びついてきた。腕をからめ甘酸っぱい匂いのする体を猫のようにすりつけながら自慢気に言った。

「パパ、鮎川先生ってすてきでしょ⁉　すっごくジーッと眺めてたね。パパのタイプ？」

まどかは父親が担任の女教師の魅力にまいっているのだと思っている。直希は狼狽してしまった。

「こら、何を言うんだ」

「ふふっ。だってえ、先生だってびっくりしてたみたいだもの」

直希はますます困惑した。確かに鮎川まり子は不思議そうな顔をして彼を見つめ返した。一瞬だったが、視線がぶつかりあったのは事実だ。

「いや、パパがちょっと知ってる人の娘さんにそっくりだったから、それで驚いてしまったんだよ。でも、よく考えてみたらその人は北海道のほうにお嫁さんに行ったというから、人違いだったんだ。それにしても、よく似た人だなあ……」

とても本当のことを言えるものではない。まどかには嘘をついてしまった直希だ。

授業参観の後、父母だけが教室に残り、新しい担任と懇談することになった。子供たちは校庭で遊びながら待つものもいれば、先に帰ってしまうものもいる。まどかは関口朋子と一緒に先に帰っていった。

去年と同じクラス編成なので、授業参観や父母懇親会に何回か出席しているうち、直希もだいたい、父親たちの顔ぶれを覚えてしまった。

吉松京太の父母の顔はなかった。こういう場に顔を出せば、息子の行状について他の父母たちからいろいろ苦情を言われるに決まっている。それを恐れて顔を出さないのだと言われているが、息子の教育といったものにそもそも関心がないのかもしれない。

懇親会に出席するのは華やいだ装いの三十代前半ぐらいのミセスが大部分で、父親の姿は直希を入れても三人ぐらいしかいない。その中でひと組の老夫婦の姿が目立った。残虐な殺人事件で両親を亡くした小田桐雅史を引き取った祖父母だ。

息子夫婦のたった一人の遺児だけに、成長が楽しみなのだろう。授業参観にも父母懇親会にも欠かさず二人でやってくる。もちろん、成績といい素行といい、まったく問題はない。前の担任だった鳴海淑恵は雅史のことを大変気にいっていた。彼女に孫のことを誉められると、わがことのように相好を崩す姿は、傍で見ていても微笑《ほほえ》ましかった。

授業参観前は、補助教員を担任につけたということで、父母の間には不安や不満の声が聞かれたのだが、鮎川まり子の教えぶりを見て、彼女の資質に対する疑問は払拭されたようだ。だから、懇親会のムードは予想されたよりずっと和やかなものであった。

受け持った児童たちの父母は、皆、ずっと年上なのに、この女教師の態度は落ち着いたもので、しかも質疑に対する受け答えはしっかりした口ぶりで、明快である。

「ほかに、ご質問はありますか？　なければ個別の面接に移りたいと思いますけど」

まり子がそう言うと、眼鏡をかけた、見るからにインテリ階層と思われる母親が質問した。

「こういうことをお聞きするのはぶしつけかもしれませんが、先生の教育観といいますか、いったいどういうお気持ちで毎日、子供たちに接していこうとされているのか、それをお伺いしたいと思います」

教育ママの典型のようなこの母親は、やはりまだ、このうら若い補助教員に対する危惧《きぐ》の念を捨てきれていないらしい。

「そうですね……」

鮎川まり子は、ちょっと考えこむように俯いたが、すぐに顔を上げるとハキハキした口調で答えた。

「私が教師になろうと思ったのは、むろん子供たちが好きだからです。でも、私が大人で子供たちよりずっと完成されているから教える資格がある——という考えはもっていません。私たち大人は、子供たちをまだまだ未完成の、それゆえに欠点の多い存在としてとらえがちですが、実は私、そういう見方には反対なんですね。もちろん子供たちは、知識とかいろいろな体験は不足しています。肉体だって小学生の段階では、まだまだ未成熟でしょう。でも、私たち大人の考える水準に達していないから、子供たちを劣ったものとしてとらえ『だから教育が必要なんだ』という考え方が正しいでしょうか？」

直希は発言の内容が過激なので、少し驚いた。

（おやおや。この場でそんなこと言っていいのかな）

鮎川まり子の言っていることはきわめてユニークだが、直希も理解できる。ただ、その考え方をつきつめてゆくと、教育制度というものを否定してしまうことになる。

案の定、別の母親——娘が吉松京太に悪戯された時、強硬に抗議した県庁の役人夫人——が、キンキンした声でそのことを問い質した。

「それじゃ、子供たちを教育する必要性はどこにあるんでしょうか？　先生は生徒と一緒に遊ぶだけでいい、何も教える必要はないということなのですか？」

ややヒステリックな問いかけにも、母親たちよりずっと年下の女教師は動じたふうもなく、あいかわらず落ち着いたさわやかな声で答える。

「そんなことはありません。私たち大人の世界に彼らを迎えいれるためには、さまざまなことを覚えてもらう必要があります。また、本人も知らない才能を見つけ、引き出してやることも大人のつとめでしょう。ただ、私が言いたいのは、子供たちはそのままでも充分に完成された存在なのではないか、ということなんです。お母さまたちもそう思いませんか？　人間は二十歳前後で一人前になる——という考え方にまったく根拠はありません。年齢が加われば加わるほど人格は完成されるでしょうか？　だったら、成熟した人間だけの社会は完全で、どんな戦争もいさかいも起きないでしょうか？　私たちは子供たちよりずっと知識も豊富ですし、いろいろな体験も積み重ねています。でも、子供たちだけの社会よりずっと優れた社会をつくりあげているとは、とても言えません。ひょっとしたら、大人のほうが、子供たちより歪んで劣ってはいないか——そんな考え方に立って教育というものを見直してもいいのではないか、そんな気がするのです。もちろんまだ本採用にもならないヒヨッコ教師の青くさい意見ですけれど」

　子供の保護者たちは、しばらく気を呑まれたようになって沈黙してしまった。それを破ったのは、一人の父親だった。

「先生のおっしゃることは分かります。私も時々、自分の娘を眺めて『うーん、これ以上大人にならなくてもいい、このままの姿でいてほしい』と思うことがありますからね。でも、先生のご意見は、たとえば吉松京太のような、ああいった子供にはあてはまらないような気がします。このクラスの親たちは、去年も今年も、あの乱暴な子のおかげでさんざん悩まされました。前の担任の鳴海先生も彼のおかげでノイローゼになったのですよ」

「そうよ。あの子が完成された存在なんて思えないわ」

何人もの母親たちが「そうだわ」と同調した。それでも鮎川まり子は動じない。彼女は微笑をたやさずに答えた。

「皆さんが言う意味とは少し違ってとらえていると思いますが、私はやはり、京太くんも他の子供たちと同じように完成されていると思います」

「そんな……」

怒ったような呟《つぶや》きが母親たちの間に広がったが、女教師はかまわずに話し続けた。

「確かに皆さんたちの目には、京太くんは子供らしからぬ、いろいろ欠点の多い子供のように思われるかもしれません。でも、それは私たち大人のルールに支配された、平和な社会の中での大人の見方です。もしも、ある日突然戦争か何かが起きて、私たち大人が全部死んでしまい、子供たちだけで生き延びる必要が起きたとしたらどうでしょうか？　京太くんが率いる集団が生き延びられる確率が断然高いと、私なら考えます。弱肉強食の世界で生き延びる動物的なカンを彼はもっています」

「そうかしら……」

不満そうなざわめきを抑えるように、まり子はひとつのエピソードを紹介した。

「今年最後のプール授業がこの前ありました。クラスでは全員二十五メートルを泳げることを目標に掲げていました。ところが、どうしても泳げない生徒が一人いたんですね。十メートルぐらいのところで息がつけなくなって沈んでしまうのです。私も少し困ったんですが、クラスで一番泳ぎのうまいのは京太くんなので、彼に『あの子を二十五メートル泳がせることができる？』と聞いてみました。彼は少し考えていましたが、いきなりその子の所に行き、プールの中に投げこんじゃったんです。その子はびっくりして這《は》い上がろうとしましたが、京太くんはその手をむしりとってしまうんです。ゴールの方向以外に進むと仲間もよってたかって上がれないようにするので、その子は仕方なく必死になってゴールに向かいました。私もハラハラして見ていたんですが、結局、気がついたらその子は二十五メートルを泳ぎきってゴールにたどりついてしまったんです。クラス全員が拍手しました。本来それだけの能力をもっていたのが、そういった危機的状況で発揮できたんですね。後で聞いてみたら、京太くんも幼稚園のとき、自分の父親にそうやって水の中に叩きこまれて泳げるようになったそうです。これは、子供の事故を恐れ、なるべく危ないことをさせないようにしている現在の教育のあり方の中では、教師にはなかなかできることではありません」

教室の中はシンと静まりかえった。まり子の声は穏やかだが、父母たちは今や真剣に耳を傾けている。

「私は、京太くんを見ていると幼い頃の豊臣秀吉のことを思い出すんですよ。今現在、私たちが必要としないからといって、そういう才能をもった少年を軽視するのは間違っています。私は彼のことをクラスから疎外し孤立させようなどとは思っていませんし、無理に級友と融和させようとも思いません。まったく無害な人間の中で育つより、彼のような強烈な個性をもった級友をもって育ったほうが、子供たちはいろいろなことを学べるのではないでしょうか？　実際、私の見るところでは、子供たちは彼から多くのことを学んでいます。それは京太くんも同じことです。教室はアウトサイダーを追い出し、勉学するだけの温室であってていいでしょうか」

父母たちは圧倒されたように押し黙った。直希は胸の中で思わず唸ってしまった。

（この女教師は、前の担任よりもずっとよく子供たちのことを理解している）

以前の授業参観では、京太はひどく騒ぎたてたりふざけちらしたりして授業を妨害し、鳴海淑恵を怒らせたことが何度もあった。今度の教室のムードは全然違う。京太はやはり粗暴な態度であったが、授業の進行を妨害して鮎川まり子を困らせるようなことは最後までしなかった。子供たちが京太を見る目も、以前のように異分子を忌み嫌うといったものではなく、もっと温かいような気がする。

（まどかもそうだが、この女教師も嫌われ者の吉松京太に味方しているようだ）

沈黙を破るようにして、鮎川まり子が告げた。

「では、皆さまとの懇談はこれまでにして、個人面接に移りたいと思います。お名前をお呼びしますので、この机までいらして下さい……。では、相沢ユキさん……」

やがて直希の番がきた。鮎川まり子と向かい合って座ると、母親たちの脂粉《しふん》の香りとは別の、若い女性独特の、悩ましい芳香が鼻腔を擽った。地味なスーツに包まれてはいるが鮎川まり子はよく成熟した魅力的な肉体をもっているのだ。あのポルノビデオの中の女教師のように。それにしても刺激的な体臭だった。授業に熱中して汗をかいたのだろうか。

彼女は澄んだ瞳で鹿沼まどかの父親を見た。

「まどかちゃんのお父さんですね？　まどかちゃんはほとんど問題ありません。素直ないい子です。お勉強もしっかりしてますし、鼓笛隊の練習も熱心なようです」

「はあ……。でも前の先生は『協調性がない』とか『空想に耽《ふけ》って現実を忘れることがある』とか、なかなか批評されていました。授業中にほかのことを考えて先生の言葉が頭に入らないことがよくあったようで」

新任の女教師は、微笑して言った。

「そんなことは欠点じゃありません。大人の目で子供を見るとそういうことが欠点に見えるかもしれませんが、私はそう思いません。まどかちゃんがいろんなことを空想し、自分ひとりの世界に遊ぶことをどうして禁止しなくちゃいけないのですか？　私はまどかちゃんのそういうところが好きですよ。大人だって、つまらない現実よりも豊かな空想の世界を選ぶ人のほうが魅力的だとは思いませんか」

「ええ、まあ、それは……」

「子供が授業中にうわの空になるのは、それは教えることがつまらないからです。教師がしゃべることの全部を聞け、というのは無理ですもの。こういうと鳴海先生を批判しているように思われるかもしれませんが、あの先生は完璧をめざしすぎたようですね」

「確かに、そういうところはありました」

「いずれにしろ、今のまどかちゃんはのびのびとやっています。お父さまと二人暮らしなんですね。お母さまがいないといろいろ不便なこともおありかと思いますけれど……」

　彼女は身上書を見て家庭事情のことをズバリ切り出してきた。

「ええ。親の私がこんなことを言うのも何ですが、まどかはよくやっています」

「家では、どんなふうにしています？　たとえば食事の仕度とか」

「幸い、私は家でできる仕事をやってるものですから、食事などは買い物を含めて私が主にやってます。もちろんまどかには手伝わせていますが、炒めものなどで火を使わせるのがちょっと怖いので……。洗濯を含めて衣類の管理はまどかがやっています。掃除は分担を決めて二人でやってます」

鮎川まり子は心なしか身を乗り出す姿勢になって質問してきた。

「お父さまはフリーライターでしたね？　でも、前は大手電機メーカーのエンジニアだったわけでしょう？　ちょっと意外な転身ですね」

そんなことまで自分とまどかのことを調べたのかと、直希は意外に思った。欠損家庭だからよけい注目されるのだろうか。

「まあ、フリーライターといってもいろいろ分野があるんです。私のはテクニカルライターといって、主としてコンピュータ関係のマニュアル——取扱説明書を作る仕事です。最近はハードウエアの進歩にソフトが追いつかない傾向がありまして、その原因の一つとして、マニュアルが分かりにくいということが指摘されてきました」

「ええ。私もワープロを買って、その説明書の文章にうんざりしたことがあります。素人には分かりにくいですね、確かに」

「技術系の人間に使い方を説明させると、専門用語の羅列になったりして一般のユーザーには分かりにくいものになります。かといって専門知識のない文科系の人間は技術のことを理解できない。よいマニュアルを作るのはなかなか難しいのです。私は技術屋でしたが、前から文章を書くことに興味をもっていて、マニュアル作りには興味をもっていました。離婚してまどかを引き取ったのをきっかけにその仕事に専念してみたいと思ってフリーになったんです。といっても仕事はもっぱら、前に勤めていた会社が作っているパソコンやOA機器のマニュアルを作るのが主なので、縁が切れたわけではありません。言ってみれば社員から下請けになったようなものです。週に一、二度は打ち合わせのために東京の本社に行きますが、後はファクスやメールなどで資料や原稿のやりとりを行なっているので、在宅で仕事ができるのです。まあ、組織に向いた性格ではないので、結果的にはよかったと思ってますが」

それで疑問が解けたというふうに軽く頷くと、それが癖なのか女教師は鉛筆の端を嚙むようにした。場違いにも思えるそんな仕草が、直希の目にはとても魅力的に思えた。

二人は児童用のやや低めの机を挟んで、向かい合っている。椅子も大人にしては低い。直希はどうしても前屈みの姿勢になる。まり子も座り心地がよくないのか、話の途中でしきりに豊かなヒップを座板の上でずらすようにしていたが、とうとう横座りになって脚を組んだ。小柄な女性で腰も乳房も大きいのに、脚はスラリとしている。

(うっ!!)

組んだ脚を何回か無意識に組みかえた瞬間、肌色の透明なストッキングに包まれた太腿の付け根までがタイトスカートの奥に覗けて見えた。直希は息を呑んだ。

むっちりと肉のついたなめらかな腿と腿の間に、濃いピンク色がかいま見えた。女の秘められた部分を覆う下着の色だ。

「何か問題がありましたら、家庭訪問にお伺いしますので、その時に……」

まり子は書類から目を上げた。あわてて視線をそらした直希の顔を見て少し訝し気な表情をする。まさか自分のスカートの奥を見ていたとは気がつかないようだ。

「お父さまも、まどかちゃんと一緒に、がんばって下さいね」

「あ、どうも……」

思わずペコリと頭を下げてしまった直希だ。

＊

父母懇親会を終えてわが家に帰る道すがら、自転車をこぎながら直希は考えこんだ。

鮎川まり子の姿を思い浮かべると、どうしても清瀬老人の家で見たポルノビデオの画像とダブってしまう。

（まったく、よく似ている……。でも、ああやって淫らな姿をビデオカメラの前にさらした同じ女性が女教師になるとは……）

それと、面接相談の最後に、偶然ではあるが彼女のスカートの奥、下着の色まで見てしまった衝撃がまだ燻《くすぶ》っている。

(ピンク色でも、赤みがかったハデなピンクだったな。あれは意外だった……)

女教師の下着といえば、やはり清潔な白を連想する。あの清楚な外見の鮎川まり子がローズピンクのパンティを穿いて教壇に立っているなどと誰が思うだろうか。

(色も色だが、デザインだって、そうとうきわどそうなやつだったぞ)

パンティのクロッチの部分がずいぶん狭く、そのせいでピンク色の布は股間に食いこむように見えた。おそらくハイレグカットのパンティなのだろう。

(それに、濡れてシミになっていた)

何よりも直希を驚かせたのがそれだった。股布の部分を前後に、くっきり縦一文字に走る谷間に沿って、明らかに船底型のシミが広がっていた。透明な液体によるシミだ。

(あのシミは、いったい何なのだ？)

女性は失禁しやすいという。あるいは膀胱《ぼうこう》や尿道に病気があって尿が洩れるのかもしれない。しかし、直希には洩れた尿によるシミとは考えられなかった。だとしたら愛液によるものだ。授業の前か後に、彼女は性的に昂奮したのだろうか。それだったら彼女の全身から匂っていた刺激的な体臭も説明がつく。

（しかし、あんな真面目そうな女教師が、どうして発情することがあるのだろう？）

そこでまた、ポルノビデオの中の家庭教師の姿が再びダブる。相互吸陰などの濃厚なレズの性戯によってあられもなくよがり狂う姿が。

（どうも分からん……。清瀬老人のところでもう一度、あのビデオを見せてもらおう。鮎川まり子と同一人物なのか、どうしても確かめなくては……）

直希はそう決心した。

# 第九章　強姦された体験

　鳴海淑恵は東京で暮らしていた。

　辞表を提出してから文字どおり逃げるようにして夢見山を出た。学生時代に暮らしていた早稲田にアパートを見つけた。

　退職の理由は家族にも告げていない。学校で何かあったのだろうとは察しているはずだが、教頭たちと同じように、教えることに熱心なあまりノイローゼが嵩《こう》じたのだろうと思っている。そう思ってくれていたほうがいい。東京に出てくるとき、実家には「少し一人になって、ゆっくり考えてみたいから」と、今の住所も教えていない。時々、こちらから電話を入れて安心はさせているが。

（あれは、夢だったんだわ。悪夢よ。早く忘れてしまわなくては……）

　そう自分に言い聞かせてきた。ようやく気持ちが落ち着いてから、大学時代の親友に相談し、そのツテで教育関係の出版社にアルバイトとして働くことになった。いまはゲラの校正や原稿の受け取りなどの仕事が主だが、昼も夜もなく、受け持っている子供たちの成績のこと素行のこと、学校行事にまつわる数々の雑用に煩わされていたことを思うと、ずっと気が楽である。

東京で一人暮らしを始めて二か月が過ぎた。ようやく新しい生活に慣れてきた時、振り捨てたはずの忌まわしい過去が淑恵に追いついてきた。若く美しい女性の姿を借りて。

勤めの帰り、バス停を降りてすぐのコンビニエンス・ストアで夕食の惣菜を買い求めて出たところで、その女性が声をかけてきたのだ。

「この近くの美松マンションというのを探しているのですが……」

それは淑恵のアパートの隣に建っているマンションだった。

「うちの隣よ。私、帰り道だからご案内するわ」

つい心を許したのも、尋ねた女性がまったく無害に見えたからだ。

年齢は淑恵より二つ三つ下、二十三か四といったところだろう。小柄でスンナリとした体つきだ。まだ学生っぽい感じがする。卵型の顔に切れ長の目。額が秀でていかにも聡明そうに見える。

「ありがとうございます。助かりますわ」

嬉しそうに笑うと目がうんと細まり、それが親しみやすい魅力になっている。

（可愛い子だわ。素直そうだし……）

肩を並べて歩きだすと、年下の娘の髪が甘く匂った。清楚なコロンの香りに混じった健康な肌の匂いも好ましい。ふいに胸が弾むのを覚えた元教師だった。

三分も歩かないうちに目的地に着いた。

「これが、あなたの探しているマンションよ。じゃあね」

明るく潑剌とした娘と別れることに心残りのようなものを感じながら背を向けると、

「実は私、そのお隣のアパートに用があるんです。鳴海淑恵さんという人のお部屋に」

淑恵は冷水を浴びせられたような気がした。立ちすくんだ年上の女に歩みより、見知らぬ娘はツイと手を握ってきた。親しみのこもった目でジッと見つめる。

「ずいぶん探したんですよ、鳴海先生……。私、夢見山小学校で六年三組を受け持っている鮎川まり子です。あなたの後任なんです」

＊

淑恵の侘《わび》しいアパートの、狭いダイニングキッチンのテーブルで、二人の女は向かい合って座っていた。

「ひっかけたわね」

淑恵が恨めしげに言うと、まり子はあいかわらず無害な笑顔を浮かべてピョコンと頭を下げた。

「ごめんなさい。実家のほうに何度もお電話したのですが、あなたが誰とも連絡をとりたがらないらしいので、やむをえず……」

「でも、よくここが分かったわね。実家にも教えてないのに」

淑恵は不思議に思って訊いた。

「たぶん東京にいらっしゃったと思って、大学の関係のほうで調べたんです。私、鳴海先生の後輩になりますから」

「先生呼ばわりはやめてよ、もう辞めたんだから……。そう、あなたもN──大なの？」

「ええ。四期あとになります。先輩たちに尋ねたら、親友だったという人の連絡先を教えていただけたので、そちらに聞いてみたんです」

「そうとう熱心に探しまわったみたいね。まるで探偵だわ。そりゃ、後任に申し送りしないで姿を消したのは悪いと思ってるけど、精神的にまいっていたし、誰にも会いたくない気持ちが強かったから……」

大学の後輩にあたるというまり子に向かって、弱々しい微笑を浮かべてみせた淑恵だ。彼女にも真相を告げるわけにはゆかない。やはり精神的疲労による退職だとごまかしとおすつもりだった。

「ええ、分かります」

彼女にかわって六年三組を受け持たされた女教師は、深く同情するように頷き、それから淑恵を動転させる言葉を口にした。

「校内でレイプされたなんて、それはひどいショックでしょうね……」

「えっ、あなた、どうしてそれを……!?」

しまったと思って口に蓋《ふた》をした時は遅かった。

「やっぱり、そうでしたのね」

鮎川まり子は悲しげな目をして年上の女を見やった。

「……」

淑恵は頭が混乱した。あの事件は、犯人と自分しか知らないことだと思っていたのに。

「じゃ、誰かが教えたのね。手紙か何かで」

「いいえ、単なる推理です」

まり子はバッグからビニール袋を取り出した。その中に入っていたのは、キチンと折り畳まれた下着——新築中の校舎で見つけた例のパンティ、ブラ、パンストだった。

「これ、鳴海先生——鳴海先輩のものでしょう?」

「う……」

　忘れようと必死になっていた忌まわしい記憶が一挙に戻ってきた。思わず両手で顔を覆ってしまった。

　同情する口調で、まり子は自分の推理経過を説明した。

「これ、新築校舎の機械室の片隅で偶然に見つけたんです。あんな人けのない所にどうしてパンティの類が投げ捨てられているのか、不思議に思うのが当然でしょう？　レイプか何かの現場だったのではないか――と思いました。現場の監督に訊いてみると、地下の機械室は一番最初に完成して、配管工事をすませたあとは物置同然になって誰も出入りしない場所だそうです。あそこならレイプするのには絶好の場所です。では、誰が被害者だったのか？まずピンときたのは、鳴海先輩のことです。それまではふつうだったのに、一学期の半ばに突然、無断で休み、それから授業中に激しく昂奮したりして異常な行動をとるようになった――と聞いてました。連絡もなしに休んだ前の日は、暗くなるまで教員室でパソコンを叩いていたそうですね。それは当直の先生に確認しました。先輩のアルトは、新築中の校舎のすぐ傍に置かれていました……」

　鳴海淑恵は、まり子の明晰《めいせき》な推理の展開に舌を巻いた。弱々しく頷いた。

「そこまで調べあげたんなら、隠しだてはしないわ。私はあの晩、あそこでレイプされたのよ」

「誰にですか？」

「それが分からないの。真っ暗だったし、私は最後まで目隠しされていたから……」

「詳しいことを聞かせてください。思い出すのは辛いでしょうけど」

淑恵は表情をひきしめ、まり子をキッと睨みつけるようにした。

「どうしてそんなことを聞きたいの？　私だけの問題よ。私は忘れたいの。強姦は親告罪だから、私が訴えなければ警察沙汰にもできないのよ」

「それは分かっています。でも、はたして鳴海先輩だけの問題かしら？　私は先輩の後任で夢見山小学校の六年三組を受け持たされました。私だって女ですよ。先輩と同じに独身で、しかも若いんです。私も襲われる可能性があるとは思いませんか？」

「それは……」

淑恵は絶句した。そんなことは今の今まで考えたことはなかったが、指摘されてみるとそのとおりだった。誰が何のために自分を襲ったのか、その理由が分からなければ、もっと若く、魅力的なまり子が次の標的にならないという確証はない。

「分かったわ。確かにあなたの言うとおり、その恐れがないとは言えないわね。でも、私の話を聞いてどうしようというの？　犯人を捜し出すつもり？」

「もちろんです。学校の中で女教師をレイプするなんて許されることじゃありません」

「犯人を見つけることができたとして、その時は私が犠牲者だったことが明らかになるわけ……？」

鳴海淑恵の顔に脅《おび》えの色が浮かんだ。

「それはありません。私もこういうことは警察沙汰にしたくないんです。現在の法律では犯人を裁こうとすると犠牲者のほうがよけいに傷ついてしまいます。だからといって、そんな男を野放しにしておくわけにはゆきません」

「じゃ、どうするの？」

「犯人が分かれば、いろいろな方法があります。次の犯行を食い止めるという消極的なものから、もっと積極的に、肉体的制裁を加えるとか……」

「制裁？　リンチにかけるということ？」

淑恵は目を丸くした。この、一見おとなしそうな娘は、自分も負けそうなほど気丈な性格らしい。

「そうです。そんなひどい目に遭わせた男に報復したいと思いませんか？」

「思うわ。ペニスを切りとってやりたいぐらいよ」

キッパリと言い切って、その強い調子に自分でも驚いた淑恵だった。まり子がニッコリ笑った。陰謀に加担した者同士が交わすような、連帯感を感じさせる微笑だ。

「そうしてやりましょうよ。だから、犯人を見つけるのに協力して下さい」

＊

——鳴海淑恵は、忌まわしい記憶をひもときながら、すべてを打ち明けた。

暗い駐車場で、頭から袋をかぶせられ、紐で首を絞められて気絶させられたこと。

気がついた時、アイマスクのようなもので目隠しされ、猿ぐつわを嚙まされ、下着を剝ぎ取られた状態で両手両足の自由を奪われていたこと。

「猿ぐつわは何を用いたのですか？」

「後で分かったけれど、ブラジャーを丸めて押しこんで、その上からパンストを縒《よ》って紐にしたので縛ったのね。ほら、カップが皺《しわ》くちゃになってるでしょう？」

告白すると決めてからの淑恵は、まるで人ごとのように淡々と語ってゆく。

犯人は、淑恵が意識を回復するのを待って、おもむろにゴム手袋をはめた手で、彼女の肉体に触れてきた。乳房を揉みしだき、股間を弄りまわした。

「犯人は声を出さなかったの？」

「そうね、最後の最後まで、ひと言もしゃべらなかったわ。あっ、待って。そう言えば一番最初に私が意識を取り戻して、何が何だかよく分からない時に、『うふふっ』って含み笑いしたわ。たぶん、私が狼狽している姿が滑稽《こっけい》だったのね」

「ひどいやつだわ」

まり子のほうが身震いした。犯人のやり方は余裕が感じられるだけに、よけい残忍な印象を与える。

「それと、私を犯した時——二度だったんだけど、射精した時に『うっ』と呻いた。それだけよ、彼の口から聞こえたのは」

「じゃ、年齢なんか分かりませんでした？」

「うーん、年寄りとか中年じゃないわね。若い男よ。肌の感じだけど」

「肌？　ということは、向こうも裸だった？」

「そう。たぶん私を機械室に連れ込んでから真っ裸になったんだと思う」

全裸の犯人は、ビニールシートに横たえた無抵抗の犠牲者を、たっぷり時間をかけていたぶった。淑恵は、自分がまるで解剖台に生きたまままくりつけられた蛙になった気がした。理科の実験のとき、子供たちはかわるがわるメスを持ち、自分たちが捕らえてきた蛙を切り刻み、内臓を摘出し、筋肉を切りとり、神経を剝き出しにする。

犯人のゴム手袋をはめた手は、執拗に淑恵の秘部をまさぐってきた。どうやら懐中電灯を用意していたらしい。指で広げた粘膜の部分に光を当て、女の性器の構造を隈《くま》なく観察していった。淑恵は犯人の鼻息を敏感な粘膜に感じている。

「その……、犯人は舐めたり吸ったりとかはしなかった？」

「ううん、口はつけてこなかった。乳首も吸われなかった。もっぱら指よ。肛門も押し広げられて指を挿入された。唾もつけないのよ。痛かったわ」

挿入されたのは指ばかりではない。目隠しされていたので何だったかは分からないが、冷たいガラスのようなものが膣口に突きたてられ、ぐいぐいと押しこまれた。おそらくコーラのような清涼飲料水の瓶ではなかったろうか。

独身の女教師は涙を流し苦悶した。懐中電灯の光の中に、脂汗を浮かべた白い裸身がくねり、のたうつ姿が浮かびあがったに違いない。狭い機械室の中は女体から発散される匂いでむせるようだったに違いない。

淑恵は時間の感覚を失っていたから、猫が瀕死《ひんし》の鼠をいたぶるような弄虐が、どれほどの時間、続けられたのか定かではない。やがて犯人の体が、下肢を割り裂くようにして縛られている女体の上におおいかぶさってきた。犯人が全裸だというのは、その時に分かったことだ。

「体つきはどんなだったかしら？」

「こちらから触れることができないのだから、見当もつかないわね。毛むくじゃらで筋肉隆々のタイプでないことは確かよ。肌はすべすべしてたから」

「挿入は、あの、スムーズにだった？」

淑恵は唇の端を歪めるようにして笑った。

「あなたって人は……。聞きにくいことをズバズバ聞くのね」

「ごめんなさい」

「いいのよ。それも大事な情報なんだから。そうね、挿入自体はスムーズだった。弄りまわされているうちに、私の意思とは無関係に膣が濡れていたから。でも、その前がスムーズじゃなかった。彼のペニスがうまい角度にあたらないの。落ち着いてたように見えて、やはり昂奮して焦ってたのかなあ。何度も膣口を指で確かめて押しつけてくるんだけど、滑って狙いがそれちゃうのよ。私としても早くすませてもらいたくて、腰を浮かすようにして協力していたのに」

「ペニスの勃起が、充分じゃなかったのかしら」

「固くなっていたことは固くなっていたわ。私も男性との経験が決して多いわけじゃないけど、あれぐらいコチコチなら充分な勃起と言えるんじゃないかしら。なかなか入らなかったのは、焦ってたからよ」

——最初の射精は、あっけなかった。ようやく柔襞を貫きとおすことに成功すると、強姦者は昂りを抑え切れずに激しく腰を打ちつけた。数回の抽送で絶頂に達し「う」と低い声で呻き、ガクッと力が抜けた。ビクビクと痙攣する下肢。淑恵は精液を注ぎこまれながら、これで解放されると思った。しかし、そうはゆかなかった。

抜去してからもしばらく荒い息をついていた犯人は、無言のまま、またもや女体を責め始めた。今度は前よりももっと残酷な方法で。

「どうされたんですか?」

「鞭よ。たぶんズボンのベルトか何かだと思うんだけど、それでビシバシ、私のおっぱいやおなか、腿のあたりをひっぱたくの。痛いの何の、目から火花が出たわよ」

体の前面だけでは飽きたりず、両手両足を縛ってある縄をいったんほどき、今度はうつ伏せに縛りつけた。

「縄を解かれたとき、逃げだす隙はありませんでした?」

「それが、注意深いのよね。片手、片足ずつほどくの。絶対に逃げられないように、細心の注意を払っていた」

「犯人は、かなり頭がいいですね」

「私も、そう思うわ。すごく計画的な行動だったし」

ビニールシートの上にうつ伏せにされて、四肢を広げるように縛りつけられた。おそらく壁や床から突き出たり這いまわっている配管の類に紐の端をゆわえつけたのだろう。

そうやってから、無抵抗な女教師の背、尻にベルトが打ち下ろされた。何度も何度も。淑恵は最後には失禁して盛大にビニールシートを濡らしてしまった。

うつ伏せの女体の背後から、尻を抱えあげるようにして犯人が再び挑みかかってきた。挿入は前よりずっと簡単に行なわれた。抽送のたび、汗まみれの尻に若い肌がぶち当たり、ビチャビチャと淫靡な音がした。

「はあはあ」

荒い息が彼女の項《うなじ》に吹きかけられた。凌辱行為そのものは、射精をすませているだけに最初よりは長かった。それでも、淑恵には案外早かったような気がする。

再び「うっ」という呻きを洩らし、犯人の腰がガクガクと痙攣した。精液が子宮に浴びせられる感覚。

「正直なことを言うと、二回目で敵はそうとう満足したと思うの。というのも、私がかなり感じていたから。不思議ね、あんなひどい目に遭って、どうして感じてしまうのか分からないけど、とにかく感じて、愛液もずいぶん洩れていたのよ。オルガスムスとまではいかないけど、快感もあった。自分では必死に抑えていたけど、呻き声とか悶え方で分かったんじゃないかしら」

　そう打ち明けてから、ポツンと呟いた。

「感じた――なんて言うと、私を軽蔑する？」

　まり子は首を振った。

「しないわ。それまでさんざんいじり回されて、理性だって喪失していた状態ですもの、肉体がどういう反応を示したとしても、責任はありませんよ。そういう肉体構造の弱みをつかれたわけですから」

「肉体構造の弱み、ね……。私も、自分の体にあんな弱点があるとは思ってもみなかったわ。それまでは膣の中を刺激されてもあまり感じなかったのに」

　それまでの淑恵は、セックスで強烈なオルガスムスを味わったことがなかったらしい。

「そのまま挿入してきたんですね？　コンドームとか使わずに」

「当たり前よ、レイプするのにコンドームを使う犯人はあまりいないわ」

「危険日じゃなかったんですか？」

「それが、危険日だったの。生理が終わって一週間目だったから……。私の精神が不安定になったのが分かるでしょう？　家に帰ってからシャワーでよく膣の内部を洗ったけど、二度犯されたし、時間も経過していたから、妊娠を避けることはできなかったでしょうね。……

運よく最後まで妊娠はしなかったけど」

まり子はハッと顔を上げた。

「ということは……!?」

淑恵は肩をすくめて、つとめてなんでもないことのように答えた。

「そうよ。レイプはその日だけじゃなかった、ってこと」

まり子は言葉を失った。

# 第十章　テスト中の性戯

強姦された体験を余さず打ち明けた女は、ツイと立ち上がると冷蔵庫を開けた。冷えた缶ビールを二本取り出す。

「時々、アルコールがないと寝つかれないのよ。蒸し暑いから、どう？」

「ええ、いただくわ」

まり子は喜んで応じた。淑恵はジャケットを脱いで半袖のブラウスになった。後ろで束ねた髪をほどいて肩にひろげる。そうするとハイミスめいた堅い感じがとれて、ふわっと女らしさが匂った。

まり子は、それまでは写真に写った淑恵しか知らなかったが、こうやって本人を前にしてみると、整った顔立ち、均整のとれたスラリとした体つきといい、なかなか魅力的な女性だということに気がついた。本人は身の周りのことに無頓着な性格なのか、自分の魅力を前面に押しだそうという気はあまりないようだ。

「じゃ、乾杯しようか。強姦された話をしながら乾杯というのもヘンだけど」と淑恵。

「レイプ犯人に報いを——じゃ、どう？」とまり子。

「いいわね。じゃ」

二人はグラスを合わせ、声を揃えて言った。

「レイプ犯人に報いを」

二人は泡立つ褐色の液体を啜った。淑恵は、また語り始めた。

——淑恵を強姦した犯人は、満足したような溜め息を洩らした。

縛られ、卑猥《ひわい》な姿勢をとらされ、性器を指や瓶で侵略され、尻や背を鞭打たれ、あまつさえ二度も膣奥へ精液を浴びせかけられた女教師は、屈辱と苦痛に打ちのめされ、思考する力を完全に失っていた。

後で考えてみると、カシャカシャジーッという機械的な音が聞こえたような気がしないでもない。

「ふふ」

身仕度を終えた犯人が、最後にまた含み笑いした。自分のもくろみどおりに凌辱を完遂させたことに満足した笑いだ。

足音が遠ざかってゆく。その時になって淑恵は我に返った。

（こんな恰好のまま、放りだしておく気……⁉）

必死になって暴れた。両手、両足を固定していた縄がゆるみ、スルッと抜けた。犯人は姿を消す前に拘束を解いたのだ。

「あはうっ」

手が自由になると、まずアイマスクをむしりとり、口に押しこめられていた布きれを吐き出して深呼吸する。猿ぐつわがブラジャーだったことに初めて気がついた。唾がすっかり吸い取られたので喉がカラカラで、無性に水が呑みたい。

周囲は真っ暗だった。気絶して運び込まれた淑恵には自分のいる所が分からない。しばらくジッとしていると、目が闇になれてきた。ようやく、新築中の校舎の地下室に連れ込まれたのだということが分かった。

手さぐりで剝ぎ取られた衣類を探し求めた。ブラウス、ジャケット、スカート、スリップ、靴……。パンティは見つからず、猿ぐつわに使われたブラジャーとパンストは見捨てることにした。

とりあえず素肌の上にはスリップだけを着け、残りの衣類を抱え、よろめく足を一歩一歩踏みしめるようにして闇の中にボウッと明るく見える階段の出口へと向かった。

外に出る時、また恐怖が甦《よみがえ》った。犯人が外で待ち伏せしているような気がしたからだ。

しばらくジッとしていたが何の物音もしない。勇気を出して自分の車のところまで小走りしていった。

キーはドアの鍵穴にささったままになっていて、砂利の上にバッグが落ちていた。とにかく愛車の中に飛び込み、内側からしっかりロックする。

一番最初にしたのは、バッグから煙草を取り出し、火をつけて一服したことだ。ライターを点火しようとして、自分の手がどうしようもなくワナワナと震えていることに気がついた。辱《はずかし》められたことのショックが一気に彼女に襲いかかってきたのだ。

煙草の煙を夢中で吸い、激しく咳《せ》きこんだ。涙が出た。しばらく泣きじゃくって、ようやく気持ちが落ち着いた。車を動かし、自分のアパートに帰りついて時計を見た。真夜中になっていた。あの地下室で三時間以上、責めなぶられていた勘定になる。

(犯人は、新校舎の建築現場で働いている作業員に違いない)

体を洗い清めている間も自分にそう言い聞かせた。浅い眠りの間、悪夢に魘《うな》されて、翌朝は起き上がる気にもなれず、結局、無断欠勤してしまった。

現場には自分の体から剝ぎ取られた下着や、アイマスク、瓶などが残されているはずだったが、それを取りに戻る気にはなれなかった。犯人と鉢あわせするのではないかと恐ろしかったからだ。それからは自分のアルトも臨時の駐車場には置かないようにした。

自分の肉体に加えられた汚辱を思い出すと、警察に訴える気にはなれなかった。

(犯人と私だけしか知らないことだから……)

そう言い聞かせて、忘れようと努力した。

数日後、体につけられた傷もすっかり癒えた頃、強姦魔が再び戻ってきた。

朝、登校して教師用の靴箱を開けると、角封筒が入っていた。靴箱の蓋には鍵がかかっていない。誰でも開けることができる。

(何かしら？)

不吉な予感がした。何の特徴もない封筒には、宛名も書かれていない。封を切ってみると、一枚のポラロイド写真と一枚の紙片が出てきた。写真をひと目見て、彼女は思わず叫び声をあげそうになった。

青色のビニールシートの中に、フラッシュの青白い光りを浴びて裸女がぐったりと横たわっている。

両手、両足を縛られ、アイマスクで顔を覆われ、口には猿ぐつわを噛まされている。あられもなく広げられた股間にはくろぐろとした恥叢と秘唇が露出されて、膣口からは白い粘液がこぼれ出ている。凌辱直後の女体だということは誰にでも分かる。顔の大部分は隠されているものの、鼻や横顔の特徴からして、被写体が鳴海淑恵であることも一目瞭然だ。

（やっぱり、写真を撮られていた……！）

足もとがパックリ割れて奈落の底に落ちてゆくような気持ち。顫える手で同封されていた紙片を広げた。プリンターで印字された文字が並んでいた。


今日、授業の前に、いまはいているパンティを脱いでこの中に入れておけ。絶対だぞ。さもなければ、これと同じような写真を学校中にばらまく。写真は何枚もある。


信じられない思いで、女教師は何度も文面を読みかえした。

（どういうこと？　私に下着を脱いで授業しろ、というのは？）

文章はしっかりして誤字も脱字もない。プリンターの印字だから、筆跡から犯人を追及することもできない。それに、プリンターは今やどこの家庭にもある。

ただ一つ分かったのは、淑恵を強姦した犯人は建設作業員などではなく、彼女の身近にいる人間だということだ。いまこの瞬間も、彼女の挙動を見守っているかもしれない。それに気づくと、独身の女教師は何もかも捨てて逃げだしたいような恐怖を覚えた。

しかし、犯人の手には自分のあられもない全裸の姿態を写したポラロイド写真があるのだ。それを第三者に見られるというのは、耐えられなかった。だとしたら脅迫に従うしかない。

女子職員の更衣室で、彼女はこっそりパンティを脱いだ。替えのパンティなど用意していないから、スカートの下はパンスト一枚である。そんな恰好で出歩いたことはない。股間がスウスウして妙な気持ちだ。脱いだパンティは、その朝穿きかえたばかりのものだったから、ほとんど汚れておらず、それが救いだった。それを畳んで紙の封筒に入れ靴箱に押しこんだ。

奇妙な要求をしてきた理由は、最初の授業の時に分かった。彼女がノーパンで教壇に立っていることを、教え子が知っているはずはないのだが、淑恵のほうが強く意識してしまう。一挙一動が気になって仕方がない。その日は長めのフレアースカートだったから、よほどのことがない限り、スカートがめくれて腿の付け根まで見えることなどあり得ないのだが、それでも動くのが怖い。そのためにひどく気が散り、わけもなく顔が赤くなったり、言おうとした言葉が何だったか忘れて立往生したことも二度、三度と続いた。

昼休み、こっそり靴箱の中を確かめてみた。入れておいたパンティは跡かたもなく消えていた。通用口は人通りが激しい。教職員も児童も、校舎に用がある人間もひっきりなしに往来する。そのひとりひとりを見張ることはできない。淑恵は唇を嚙んだ——。

脅迫状は、翌日も舞いこんだ。

今日もパンティをはくな。テストの時間にオナニーをしろ。やらなければ写真をばらまく。

それを読んだ淑恵は頭がクラクラした。

確かに四時間目の国語の時間、書き取りのテストを行なうことになっていた。犯人は彼女の授業のことも熟知している人物だ。

(なんて男なの⁉　よりにもよって教室でオナニーをしろなんて……)

試験の時、淑恵は教壇の横に置いた教師用の椅子に腰をかけ、教え子たちを見守ることにしている。子供たちはテストに夢中になっているから、淑恵のほうに注意を向ける子などはいないに違いない。小さな机もあるから、その陰で彼女がこっそりスカートの下に指を這わせることは不可能ではない。

しかし、教え子たちの面前で、そんな淫らなことができるわけがない。彼女は必死になって逃げ道を探った。

(そうだ。犯人が教室にいなければ、私がオナニーをしたかどうか、分かるはずがないじゃないの……!)

そう思ってホッとしたのも束の間、彼女はあることに思いいたって激しい衝撃を受けた。

(この犯人は、私が教室でオナニーをするかどうか知ることができる立場にいる……!)

それでなければ、実行されたかどうか分からない命令を出すはずがない。ということは、犯人はクラスの生徒と非常に親しい人物ということになる。教え子の誰かが彼女の行動を観察し、それを教室の外にいる犯人に伝えればいいのだ。

淑恵は頭をかかえた。犯人の手には例のポラロイド写真がある。やはり屈従するしかなかった。

四時間目、淑恵はテスト用紙を配り終えてから、いつもどおりに教師用の椅子に腰をおろした。

(この中に、本当に共犯者がいるのだろうか……?)

四十五人の教え子をひとりひとり眺めわたしてみる。とても、そんな悪辣なことができる子供がいるとは思えない。

吉松京太を除いて。

(あの子なら、こういうことをやっても不思議はないわ……)

あいかわらずふてぶてしい面がまえで、投げやりな態度で答案用紙に何やら書きなぐっている京太を眺め、淑恵は疑惑を深めた。

京太の家は土建屋で、父親は今でこそ市議会の有力者だが、元は暴力団の幹部だったという人物だ。周囲にはヤクザのような連中がゴロゴロしている。

京太は体質的にも非常に早熟で、五年生の頃からニキビができ、今ではヒゲもうっすらと生えてきている。よく少女たちをトイレに連れ込み、下着を脱がせて性器を触るなどの性的な悪戯に耽って、何度注意してもやめようとしない。

　京太は叱られれば叱られるほど反抗的になり、淑恵とは衝突してばかりだ。父親のところにも何度も談判に行ったし、教頭や学年主任にも助力してもらい、なんとか京太の態度を矯正しようとしたが、これまでのすべての努力はむくわれていない。

　彼が、自分を目の敵にしている担任の女教師に復讐《ふくしゅう》するため、年上のワルの仲間を誘って淑恵を強姦させた――ということは考えられないだろうか。

（それぐらいのことは、やりかねない子だわ……）

　とても小学生とは思えない逞しい肉体をもつ京太を見つめる女教師の目は憎悪の光を帯びている。

　しかし、その証拠はどこにもない。だいいち、京太はいつもどおりケロリとして、彼女のことなど無視する態度だ。淑恵がレイプされたことを知っているのなら、それなりの態度を示すだろうと思うのだが。

（このことに全然、関係ないのかしら……？）

　そんな気もする。だとしたら、ほかに誰を疑えばいいというのだろう？

　思い悩んでいるうちに時間は刻々と過ぎてゆく。脅迫に従わなければ彼女のあさましい姿を写した写真が皆の目に触れてしまう。それは死ぬほどの屈辱だ。

（やってみせるフリだけでもいいんだから……）

この教室の中を誰かが観察しているとしても、彼女のスカートの中までは覗くことはできまい。自分にそう言い聞かせて、淑恵は座ったままなにげない様子で腰に手をやり、スカートのホックを外し、ファスナーをそうっと下ろした。

教室を見渡す。誰もが問題に熱中して、彼女の行動に注意を払っているような子供はいない。

淑恵の右手の指が、スカートのファスナーのところから内側に滑りこんだ。

スリップの下はパンスト一枚である。彼女は腰を浮かし、ヒップを包む薄いナイロンを股のところまで引き下ろした。

もう一度、誰も自分を注視していないのを確かめたうえで、そうっと指を下腹へと滑らせてゆく。下着をつけていないからチリチリした恥毛の感触が指に伝わってきた。

（えっ？）

人さし指の先端が秘められた女の谷間に触れたとたん、淑恵は愕然《がくぜん》となった。

濡れているのだ。

尿でも生理出血でもない。性的に昂奮した時、膣口から洩れ溢れてくる愛液がじっとりと股間を濡らしていたのだ。

（どういうこと、これは⁉）

淑恵は狼狽した。こんな切羽つまった状況で肉体が昂奮状態になるなどとは信じられなかった。

指でそうっとさぐってゆく。谷間は蜜のようにトロリとして、温かい液体でしっとり潤っている。教室で肉体がこんな反応を起こしたのは初めてである。

（私の体は、意思などおかまいなく、オナニーを期待しているんだ……！）

レイプされた時、指や何かの瓶で執拗に性器を弄りまくられているうち、強烈な快感が沸き起こって、思わず熱い呻きを洩らした時のことを思い出した。あの時も自分の意思とは無関係に肉体が反応してしまったのだが……。

（違う。あの時と違って、今は無理やり他人に弄《もてあそ》ばれているわけではないんだから）

淑恵の肉体というよりも、彼女の中にいるもう一人の人間がオナニーを待ち望んでいるとしか理解できない。

（そんな……。授業中に教え子たちの前で恥知らずなことをやるなんて……）

彼女は唇を噛み締めた。ただ単に、性器の部分に指をあてがうだけですませようと思っていたことが、それだけではすまなくなった。クリトリスの周辺は充血していて、ちょっと触れただけで体がビクンと震えるほど敏感になっている。膣口から子宮の奥にかけてズキズキと甘く疼き、指による刺激を待ちかねている。

(だめ、そんな……。実際にやるなんて……)

そう思いながら、意思に逆らって指はクリトリスを包皮の上からそうっと揉みこむ。

「あ……、うっ」

思わず甘い呻きが洩れそうになるのを必死に噛み殺した。カーッと全身が熱くなった。机の下で両足をあられもなく広げ、尻を浮かすようにしてしまう。

それからは夢中だった。教え子たちに気づかれぬように注意しながらも、彼女のスカートの下では濡れた熱い肉襞に指の腹で微妙なバイブレーションを与えつづけてゆく。

「うっ」

ビクッと震え、イキそうになる。無理に指をとめて息を整えてから、また濡れそぼった粘膜に指の腹をこすりつける。

「う、む……。はあっ……」

ここが教室で、今は授業中なのだということが、よけい刺激になっている。誰かに見られると思いながら野外で性交せずにはおられない男女もこのように昂奮するのだろうか。

知らず知らずのうちに淑恵の膣は人さし指を根元まで埋めこまれていた。充分に勃起したクリトリスは親指の腹で擦りたてられている。

（ダメよ、淑恵。もうやめなきゃ……。こんなこと、教室の中でやるなんて許されないことだわ……）

　理性はそう命じているのだが、甘美な刺激に痺れきった肉体はそれを無視している。指の動きはもっと淫らに、もっとリズミカルになる。

　ジリジリジリリーン。

　突然、授業終了を告げるベルが鳴り響いた。ハッとして淑恵は我に返った。本来なら五分前にはテストを終えて用紙を回収しなければいけなかったのだ。あわててスカートから手を引き抜いた。

「先生、うっかりしちゃった。五分余分にあげちゃったわね。じゃ、答案用紙は級長の雅史くんが集めて、あとで職員室に持ってきてちょうだい……」

　激しい羞恥が全身を炎にした。とても子供たちの顔を正視できない。それだけ言うとアッケにとられた教え子たちに背を向け、逃げるように教室を飛び出した淑恵だった。

# 第十一章　残酷なレイプ魔

それから数日、犯人は沈黙した。

脅迫に屈したうえ、教え子たちの前で恥知らずな自瀆《じとく》行為に耽ってしまったことで、淑恵は激しい自己嫌悪に陥った。それでも、犯人が脅迫を続ける限り、彼女には抵抗の手段がない。毎日、登校して靴箱を開けるのが恐怖だった。

警察に訴えるのが一番よかったのだろうが、最初の段階ならまだしも、教室でパンティを脱がされ、オナニーまでさせられてしまっては、事実を告げる勇気などとてもあるものではない。

彼女の精神状態はきわめて不安定になった。六年三組の生徒たちは担任が突然怒りだしたり、何も言わないで虚《うつ》ろな目をするようになったりするのを不思議そうに眺めていた。

最初の脅迫状から一週間後、

(今日も靴箱には何も入っていなかった……)

ホッと胸を撫でおろすような気持ちでアパートに帰りついた淑恵は、郵便受けの中に見覚えのある角封筒を見つけて、頭を殴られたようなショックを覚えた。犯人は彼女の自宅まで脅迫状を届けにやってきたのだ。

今夜、十二時きっかりに、窓を開けろ。部屋の明かりは消すな。夢見山のほうを向いて真っ裸になれ。それからオナニーをしてみせろ。イクまでやめるな。この命令にそむけば、あの写真をばらまく。

例によってパソコンのプリンターで印字された文面を一読して、淑恵は目まいがした。

(そんな……、私の部屋の窓を開けてオナニーだなんて……)

鳴海淑恵のアパートは、この市の名前にもなっている夢見山の麓《ふもと》にある。

夢見山といっても、あまり高くはない。小高い丘といったところだ。

関東地方には何個所か、「夢見ヶ崎」「夢見野」といった相似した古い地名がある。いずれも太田《おおた》道灌《どうかん》が江戸城の築城にまつわる夢を見た場所——という伝承に基づいて名付けられたものだ。

この夢見山にも、かつて太田道灌が狩りにやってきた時、一夜この麓に仮寝して、山の頂上から鷹が飛び立つ夢を見た——という伝承が残っている。目を覚ました道灌は、その鷹が再び舞い下りた入江を探して南下した。やがてついに夢と同一の地点を発見し、そこに城を築いた。それが後の江戸城だという。

晴れた日に丘の上に登ってみれば、遠く富士山、筑波山、赤城山などが眺望でき、そういった故事もなるほどと頷かれる。頂上には古墳時代と思われる砦《とりで》の跡も残っていて、古い昔から戦略的な拠点になっていたらしい。この前の大戦末期には本土爆撃に飛来したB29を撃墜すべく高射砲陣地が築かれたが、敗戦後、占領軍によって爆破され、今はコンクリートの残骸だけがあちこちにある。

近年、市はこの丘の頂上付近を夢見山市立公園として整備し、駐車場、展望台、休憩所、遊歩道などをつくって市民の憩いの場としている。自然が残っているのでバードウオッチングの名所にもなっている。

アパートの二階にある、淑恵のベッドが置かれた部屋の窓を開けると、この夢見山がいっぱいに聳《そび》え立っている。窓は南に面しているから、山は北斜面だ。脅迫犯人は彼女に、この山に向かって全裸になり、自瀆行為を行なえというのだ。

（ということは、あの強姦魔はこの近くから私の部屋を覗く気なのかしら……？）

そう思って、まだ明るいのにこわごわと窓を細めに開けてみた。

夢見山北麓は、まだ宅地化の波が押し寄せていない。アパートから山の麓までは水田と畑が広がっている。家も二、三軒あるが、みな、古くからの農家だ。犯人がそういった家の住人とは思えない。近くには身を隠す場所はほとんどない。犯人が自分の姿を晒す危険を冒してまでアパートの近くにやってきて、そこから淑恵の部屋を覗くだろうか。もし淑恵が警察に通報し、警官が待ち伏せていたらたちまち発見されてしまう。これまでの犯人の行動からして、そんな愚かなことはするはずはなかった。

しかし、夢見山の山頂あたりから望遠鏡のようなもので覗けば、捕まる危険はずっと減少するだろう。

頂上のあたりこそ、展望台や芝生の広場があって切り開かれているものの、斜面には鬱蒼《うっそう》と樹木や灌木《かんぼく》が生い茂っている。姿を隠して覗き見するには、これほど都合のよい場所はない。それに、武蔵野の自然がよく残されている場所だけに望遠鏡や双眼鏡を持参したバードウオッチャーの姿は珍しくない。高倍率の望遠鏡なら淑恵の部屋の中は手にとるように見えるに違いない。

（覗き魔が犯人だったのかしら……？）

そういう可能性などまったく考えたこともなかった淑恵は、蒸し暑い夜など、窓を開け放って風呂上がりの体で動きまわったりしていた。レイプの行なわれるずっと前から、淑恵のそんな恰好を犯人はすでに覗いていたのかもしれない。それに思い至ると、独身の女教師は思わず身震いして自分の体を抱き締め、ピシャッと窓を閉じた。

——その夜、十二時ちょうど、淑恵は寝室の窓を開け放った。天井の明かりも、ベッドの傍のスタンドの明かりもつけ放したままである。

点在する農家の灯も消えて、闇の中に黒々と夢見山が聳え立っている。水田からは蛙の鳴き声がかしましい。この時間、目覚めているのは蛙だけだろう。

山のほうから淑恵の部屋を眺めおろせば、そこだけ皓々《こうこう》と明るいだけに室内の彼女の姿はくっきり浮かびあがって見えるに違いない。そう、舞台に上がってスポットライトを浴びたストリッパーのように。

(さあ、見るなら見てちょうだい、私のヌードを……)

シャワーを浴びてから纏《まと》っていたのは、薄いコットン素材のネグリジェである。色は淡いブルー。ノースリーブだから肩も胸も露わだ。開き直るというか、半ば自暴自棄的な気持ちで淑恵はネグリジェをくるっと頭から脱いだ。

肌理《きめ》の細かい白い肌が眩しく輝いた。シャワーコロンの香りが広がる。視姦の生贄《いけにえ》となる前に肌を清めるというのは、いったいどういう女の心理だろうか。

ヒップを覆っている、やはり淡いブルーのパンティを勢いよく脱ぎ下ろし、足首から引き抜いた。高校、大学時代とバスケットボールで鍛えた均整のとれた肢体が一糸纏わぬオールヌードとなって窓外にさらけ出された。

開け放った窓から流れ込む涼しい夜気が、火照った肌に心地よい。山に向かって直立し腕を上にあげてふだんは後ろで束ねている髪をパアッと広げてみせる。まさに舞台に立ったストリッパーの気分だ。

闇の中から彼女の肌に突き刺さるものがあった。鋭い視線だ。

(見られている……！)

錯覚だろうか、肌の至るところをチクチクと無数の針で刺されるような感じ。

さすがに怯《ひる》む気持ちを鞭打つようにして両手で乳房を抱く。驚いたことに乳首はすでに激しく充血して、驚くほど大きく固くなって前にせり出している。

(私、昂奮している……)

それは、密生したヘアを掻き分けるようにして陰阜《いんぷ》の底へ指を伸ばす前から自分でも分かっていたことだ。

丁寧に洗い清めたばかりの膣口から滾々《こんこん》と愛液が溢れ、内腿まで濡らしている。

(この体、いったい、どうなっちゃったの……？)

なぜこんな状態になっているのか、不思議でならない。深夜、窓を開け放って全裸の自分を未知の視姦者の目に晒して、激しく昂奮している自分は露出狂なのではないか。

淑恵は、熱に潤んだようにボウッとした目で闇を見据えた。

(さあ、こんなあさましい姿の私を見たかったんでしょう⁉ 思いきり見せてあげる!)

脚を開いて立ち、下腹を突きだすような姿勢をとった。左手の指でぼってり充血している秘唇を割り広げると、濡れきらめくピンク色の粘膜が露呈した。きれいに爪を切りそろえた右手の指二本で、包皮をはねのけ勃起しているクリトリスを揉みこむように刺激する。白く輝く裸身がビビッと甘美な電流に感電して震えた。

「あっ、あうっ!」

思わず鋭い叫びを吐いてしまう。まるいヒップ、逞しいぐらいの太腿がガクガクと前後にうち揺すられる。形よい碗型の乳房もプリンプリンと悩ましく揺れる。

自分の体からねっとりした汗と共に発情した牝の芳香が強く立ちのぼるのを自覚しながら、きつく目を閉じ、淑恵は目くるめくような自瀆の快感に耽溺していった——。

外の暗闇から眺めていた強姦魔は、教育熱心でとおっている独身の女教師が、指の二本を根元まで膣に埋めこみ、激しく抉り回しながらあられもない呻きを吐きちらすのを見たはずだ。ほかならぬ彼自身が地下室で玩弄した時、彼女のV感覚——膣感覚を目覚めさせたのだ。

左手でクリトリスを、右手で膣奥を刺激しながら、子宮が熱く燃え溶けてしまうような感

覚に痺れきった淑恵は、

「いや！　ああっダメダメ。あーっ、もうー！」

わけの分からぬ言葉を口走りながら濡れた黒髪を左右に振り乱す。やがて見えない銃弾に下腹を打ち抜かれでもしたように、汗まみれの裸身が躍った。

「お、おおおうっ」

瞼の裏でピンク色の星雲が爆発し、砕けた破片が四散した。

ビシュビシュ。

おびただしい透明な液を尿道口から吹きこぼしながら淑恵は絶頂に達した。生まれて初めて味わう激烈な感覚に打ちのめされ、彼女はガクッと膝を折り、ついで横倒しにカーペットの上にどうと倒れこんだ。意識が真っ白になる。失神した。

——翌朝、出勤した鳴海淑恵は腫れぼったい目をしていた。あれから何度も自分をいたぶる行為に耽溺し、眠ったのは夜も白む時間だったのだ。

その日の授業は、ほとんど自習に近かった。女教師は思考力を失ったようになっていた。彼女は脅迫されていなかったが、パンティを脱いで教室に入っていた。子供たちに教科書を読ませながら、何の気なしにスカートの横から指を入れ、下着を着けていない股間を撫でまわしたりしている自分に気がつき、ハッとした。幸い、机の間を歩きながら教室の一番後ろに立っていたので、教え子たちには気づかれなかったが。

午前中の授業が終わると、学年主任に「気分が悪いので」と伝え、逃げるようにして家へ帰った。同僚たちが奇妙な目で自分を見ているのが分かった。この一週間ほど、彼女の支離滅裂な行動に疑惑を抱いているのだ。

自分の部屋に入るやいなや、ベッドに倒れこんだ。服も脱がずに激しく自慰をして、汗まみれのまま眠りに落ちた。

目が覚めた時は、もう闇が落ちていた。

（私、いったいどうなるのかしら……？）

ノロノロと起き上がってフト見ると、ドアの隙間に白いものが見えた。例の角封筒が差し込まれていたのだ。彼女が眠っている間に、強姦魔はまたアパートまでやってきたのだ。

（今度は、どうしろというのよ……）

捨て鉢な気持ちで脅迫状を読んだ。


今夜も十二時だ。車で夢見山公園まで来い。駐車場のところに公衆便所がある。女用の一番奥のトイレに入れ。ドアの内側に紙を貼っておく。指示されたとおりにしろ。従わないと写真をばらす。昨日のおまえの姿も写してあるぞ。

（やっぱり……）

彼女はふーっと吐息をついた。望遠レンズのついたカメラなら彼女の狂態をハッキリ撮影できたことだろう。縛られた姿ならともかく、あられもなく自瀆に耽っている姿では、脅かされたという言い訳も信用されないだろう。淫乱な女だという烙印《らくいん》を押されるに違いない。

（もう、どうとでもしてよ……）

ふいに笑いだしたくなった。気が狂いかかっているのではないか、と思った。

その夜も、淑恵は脅迫状の命令に従った。

夢見山の頂上まではよく舗装された道路が取りつけられている。夏はカップルを乗せた車がよくやってくる。遅くになって霧のような温かい雨が降りだしたので、展望台下の駐車場にアルトを乗り入れた時、周囲には一台の車も見えず、もちろん人っ子一人見えない。すべての施設は雨に濡れてひっそりと眠りこんでいた。

見える明かりといえば、駐車場の中央に立つ水銀灯だけだ。車のデジタルウオッチは十二時ちょうどを示している。

明かりに引き寄せられる蛾のように、淑恵は公衆便所へフラフラと歩いていった。

清掃は行き届いているほうだが、特有の異臭――排泄物と消毒薬の入り混じった匂い――

がムッと鼻腔に襲いかかる。
女性用トイレの中は真っ暗だった。手さぐりで壁ぎわにあるスイッチを押すと、天井に取りつけられた蛍光灯が、青白い光を明滅させた。
トイレは三つ並んでいる。一番奥のトイレには「故障中、使用禁止」という札がかかっていた。ドアはスッと開き、中は和式便器が据えつけられていた。壁や床のタイルは、予想していたより綺麗だ。ドアの内側に白い角封筒がテープで貼りつけてある。

淑恵は中に入り、ドアを閉めた。内鍵もかける。すでに荒い息を弾ませているのを自覚しながら紙片を取り出した。いつもどおりのプリンター印字だ。

服を脱いで真っ裸になれ。靴だけははいていてもいい。脱いだものは頭の上の棚にある紙袋の中に入れておけ。パンティは丸めて口の中に押しこめろ。紙袋の中に手錠がある。両手を後ろに回し、後ろ手に手錠をかけろ。開いた輪を閉じるようにするだけでかかる。準備ができたら、ドアの鍵を外せ。便器のほうを向いておれが入ってゆくまで待て。

(これは……。自発的に犯されることじゃないの)
一瞬、何もかも放り出して逃げだしたくなった。どうしてこんな所に来てしまったのかと後悔した。

しかし、最初からこういう命令がなされると分かっていたのも事実だ。

天井を見上げると小さな棚があり、そこには折り畳まれた紙袋が置かれていた。手さげのついた、この近くのデパートのものだ。中には冷たく光る金属。手錠だ。

（どうして、こんなものを持っているのだろう……？）

警官の持っているのと同じ本物なのか、それとも似せて作った玩具なのか、淑恵には分からなかった。しかし、手に持ってみるとずっしり重く、ひんやりと冷たい。ふいに言いしれぬ昂奮の波が全身を駆けめぐった。

どうせ裸になるのだろうと思って、前開きのワンピースを着てきた。顫える手ももどかしく、ボタンを引きちぎるように外した。丸めるようにして紙袋の中に押しこむ。ブラジャーも着けてこなかったから、その下は白いパンティ一枚だ。丸めると掌に収まってしまうような下着を脱ぐ。昨夜と同じようにシャワーで身を清めてからアパートを出てきたのに、ここまで来る間にもうすっかり女の泉は潤い、パンティの股布にはねっとり薄白い液がシミを作っていた。

自分の秘部の匂いが香るそれを丸めて口に押しこむ。激しい被虐感が沸き起こった。

身に着けているものといえば、履いているサンダルだけだ。真夜中の公園のトイレで全裸になった女教師はガタガタ震えた。寒いのではない。これから我が身に加えられることの恥辱を期待しての戦慄《せんりつ》だ。

手錠をとりあげ、まず仕組みを理解してから左手首にかけた。冷酷な光を放つ金属の環がカチャリという小気味よい音をたてて閉じた。ぐっと力をこめると歯がギチギチと締まってゆき、手首の肉に嚙みついてくる。

「ふうふう」

鼻で荒く息をつきながらその手を後ろへ回し、手探りで右手首にもう一方の環をかける。閉じる時に一瞬、考えた。これで自分の自由は奪われ、後は強姦魔のなすがままにされるのだ。

祈るようにきつく目を瞑《つぶ》り、環を手首に嚙ませた。

ガチャリ。

これで彼女の運命は決まった。自分でサイコロを投げたのだ。股間からさらに愛液が溢れ腿を伝うのが分かる。まるで尿を洩らしたような異常な濡れ方だ。

トイレの扉に尻を向け、不自由な手で内鍵を探り、それを外す。これで外から誰でも入ってこられる。たとえ強姦魔でなくても、彼女が一人で公衆便所に入ってゆくのを見た痴漢がいたとしたら、襲いかかられても防ぎようがない。

ドキドキと跳ね狂う心臓の鼓動が、狭いトイレの中で響きわたるようだ。鼻で息をしながら、淑恵は待ち受けた。

(強姦魔よ、おまえの言うとおりにしたわ。さあ、いつでもやってきて、好きにするがいいわ……)

シトシトと降りそぼる雨の音のほかは何の物音もしない。五分、十分……。刻一刻と時は経過してゆく。

(ひょっとしたら、強姦魔は姿を現さない気なのかしら。これは、私を公衆の面前で辱める手段だったのかも……⁉)

そんな疑惑がふいに胸の奥に沸き起こった。朝、誰かがこのトイレにやってきて、全裸で後ろ手錠をかけられた小学校の女教師を発見する。たちまち大騒ぎになるに違いない。

彼女の腋《わき》の下を冷たい汗が流れた。恐怖の汗。

(これは、罠だったんだわ……！)

淑恵はパニック状態に陥った。

カチリ。

その瞬間、トイレの明かりが消えた。彼女は真の闇に包みこまれた。

(来た……！)

皮肉なことに、あんなに恐れていた強姦魔の到来を、彼女は安堵《あんど》の思いで迎えた。

タイルの上を歩いてくるひそやかな足音。彼女は裸身をこわばらせた。

ドアが開いた。瞬間、まばゆい光りが彼女の後ろ姿を浮きあがらせた。

「ふふ」

この前も聞いた含み笑い。この女教師が自分の命令どおりに屈辱的な姿態を晒しているのを見て満足したのだ。グイと首根っ子を掴まれた。ひんやりとして粘りつくゴムの感触。この前と同様に手袋をはめている。生贄の全身に鳥肌が立った。

目の前がまた真っ暗になった。黒い帯状の布で目隠しをされたのだ。これで強姦魔は顔を見られる恐れがなくなった。ドアが閉まり鍵がかかる音。

内腿に足が触れた。滑らかな肌が濡れている。近くで見守っていた強姦魔は、どこかに服を脱ぎ捨て、裸になってからやってきたのだ。

ぐいと股をこじ開けられ、さらに首根っ子を押さえつけられて前屈みの姿勢を強制される。男の体が背後から密着してきた。最初に勃起したペニスに接触したのは後ろに回されていた淑恵の手指だった。

（あまり大きくはない……）

掌でズキズキ脈動している牡の欲望器官をくるみこみ、柔らかく握り、しごきあげた。亀頭はもうヌラヌラに濡れていた。充血しきった肉の筒はカチカチに固い。しかし彼女の掌にくるみこめるサイズなのだから、成人した男子としては短いのではないだろうか。

「ふーっ」

前屈した裸女が後ろに回した両手で愛撫すると、吐息とも呻きともつかぬ声を洩らした強姦魔だ。腰を揺すっている。尿道口からさらに透明なカウパー腺液が溢れて淑恵の手指を濡らす。

その状態で、ゴム手袋をはめた右手が彼女のまるい尻を撫でさすり、ゆっくりと谷間に這いこんできた。

「うぐ！」

ねちゃにちゃと淫靡な音をたてながら、愛液で充分に潤滑された秘唇の奥へと指が侵略してくると、ジーンと痺れるような快感が生じ、淑恵は嚙み締めたパンティの奥から熱い呻きを吐いた。

ゴムに被覆された指が膣の奥を掻きまわしにかかった。

「ぐ、ふぐぐ、うぐ！」

目隠しされ、後ろ手錠をかけられた裸女はヒップを打ち揺すって悶えた。これが彼女の待ち望んでいた汚辱だというのに、まるでその手から逃れようとするかのように。

ピチャピチャと音をたてて、膣口から溢れた愛液がタイルの床にしたたり落ちる。

「はあはあ」

強姦魔が背後から下腹を押しつけてきた。淑恵の体は前にのめり、頭を頭上のシスタンと繋がっているパイプに打ちつける。両脚は、もうこれ以上は開かないというほど真横に割り裂かれ、パックリ開いた秘裂に猛り狂う亀頭があてがわれた。

「う、う」

ゴリゴリと恥骨ごと男茎を押しつけるが、やはり見当が狂っている。亀頭は濡れてツルツル滑る膣前庭を摩擦するだけで、なかなか膣口を侵略できない。

(すごく焦っている……)

手の自由がきけば、逸《はや》るそれを握って正確に狙わせてやるのだが、それもかなわない。淑恵はさらにヒップを持ちあげるようにして、女の肉門を明らかにしてやった。

「ぬ」

とうとう熱い肉砲がうるみきった秘花を押し広げ、侵略を果たした。一気に子宮への入り口まで押しいってくる。

最初の射精は、やはりあっけないものだった。数度、下腹をヒップに打ちつけるようにしただけで、

「う」

短い呻きを洩らし、ドクドクッと狭い粘膜通路の奥へ精液を放射し果てた。

「あ、ふーっ」

不満気にうねるヒップが、裂け目に咥えこんだペニスを締めつけて最後の一滴まで搾りとるように柔襞がうごめいた。淑恵が意識してのことではない。牡を受け入れる牝の器官が自動的にそう動くのだ。

やがて完全に萎《な》えた侵略器官が抜去された。しばらく荒い息をしていたが、カシャカシャという機械的な音が断続して、目隠しをとおして青白い光りが網膜に感じられた。

（また、撮影されている……）

上体を思いきり前に倒し、ヒップを掲げ、股はいっぱいに割り広げている。その恰好で犯された直後の秘唇は、どろどろした愛液と精液の混合液を断続的に溢れさせながらひくひくと腔腸《こうちょう》動物の食物摂取口のような動きを見せているに違いない。肛門まで露骨にさらけだした体位なのだ。カーッと全身が火照り、淑恵は裸身を打ち揺すった。子宮が溶けそうに甘く熱く疼く。

後で考えても、カメラのレンズを避けるためにどうして腿を閉じようとしなかったのか、その理由が分からない。

シャッター音が消えた。シュッと空気を裂く音がして、淑恵はしたたかに臀部を鞭打たれた。

「ぎ、ぐ！」

悲鳴をあげた。この前と同じように皮のベルトのようなもので臀丘を打ち叩かれ、激痛に悶え狂った。啜り泣いた。

明らかに強姦魔は、苦悶する女体を見て昂奮するらしい。二十度ほども鞭打つと再び背後から挑みかかってきた。臀裂に押しつけられた欲望器官はもう完全に硬度を取り戻して脈動している。

ゴム手袋の手が柔肌を這った。下向きの乳房を握りしめギュウッと潰《つぶ》すように揉みしだかれた。尻朶をパンパンと打ち叩き、二度、三度と苦悶させて楽しみながら、肛門から会陰へとヌラヌラした亀頭部を擦りつけてくる。今度は挿入を焦っているふうではない。そのかわりに前から恥裂へ手を伸ばしてきて、再び指で膣を弄虐しだした。また床にしたたり落ちる愛液。ペニスの先端がその愛液で濡れる。

（あっ、そこは……⁉）

ふいにヌラヌラした亀頭が肛門にあてがわれ、グッと強い力で押しつけてきた。

淑恵は強姦魔の狙いを知って仰天した。彼女の肛門を犯すつもりなのだ。

（冗談じゃないわ！）

　これまで肛門性交の体験はない。男性のペニスが肛門の狭い門を通過するなどとは考えもできなかった。淑恵はパニックに陥った。恐怖感が肛門の筋肉を引き締めて強姦魔のペニスを遮った。

「…………！」

　強姦魔は思うようにならないので苛立ったようだ。癇癪《かんしゃく》を起こした者のように、再び皮ベルトを揮《ふる》った。前のとは比べものにならない残虐さでビシビシと女体の背を尻を叩きのめした。柔肌を切り裂かれるような苦痛に、たまらず淑恵は失禁し、床に温かい尿を叩きつけた。ガクッと力が抜け、汚れたタイルに膝をついてしまう。

「うぬ」

　また攻撃が開始された。

（やめて、やめて……、裂けちゃう……っ！）

　淑恵は猿ぐつわの奥で絶叫しながら許しを願ったが、残忍な攻撃はますます力を加えてくる。ついに菊状の襞の中心が突破された。

「ぎ、ぎげー！」

　粘膜が裂け、生温かいものが腿を伝った。

「ぐぬ」

男が呻いた。ググッと亀頭部がめりこみ、ガードを突きやぶって直腸への侵入が果たされた。あるいはペニスのサイズが小さめだったことが幸いしたのかもしれない。もっと巨大な肉根だったら気絶するほどの苦痛を味わったかもしれない。

「ぬう」

女体の排泄孔を侵略した強姦魔は、抽送を開始した。内股をヌルヌルしたものがひっきりなしに伝う。錐を揉みこまれるような激痛に、淑恵は号泣していた。

「うぐ」

侵入から射精まで、どれほどの時間が経過したか、淑恵には推測することもできなかった。押し込まれたものがビクビクッと痙攣するのが肛門粘膜を通じて感じられ、下腹が臀部に数度、強く打ちつけられた。射精したのだ。

「はあっ」

女教師を凌辱しつくしたという満足げな吐息。萎えるのを待たずグイと引き抜き、ぐったりした女体を拘束している手錠に鍵を差し込んで、手首を嚙んでいた金属の環を外した。淑恵は濡れ汚れたタイルの上に両手をつき、便器の真上に四つん這いになってしまう。

静寂が戻った。いつの間にか強姦魔は姿を消していたのだ。

真っ暗闇の中を手さぐりでトイレを這い出し、よろめきながら公衆便所を出た。

広場の中央に立つ水銀灯からの青白い光が、淑恵のアルトがポツンと置かれただけの駐車場を照らしだしていた。雨はさらに激しさを増し、どこを見回しても人の影はない。あの男はどうやってこの公園にやってきて、去っていったのだろうか。

駐車場の横の展望台広場という、南向きのやや緩い斜面に芝生が広がっている空間がある。サンダルも脱げてしまった全裸のまま、淑恵はそこまでフラフラ歩いてゆき、濡れた芝生の上にぐったり膝をついてしまった。水銀灯の明かりで自分の腿を見るとドス黒い筋が幾本も脛《すね》から足首まで流れている。血だ。

肛門を犯される時、引き裂かれた粘膜の部分からおびただしく出血したのだ。

淑恵は芝生の上にうつ伏せになった。ざあざあ降りの雨が下肢の汚れをすっかり洗い流してしまうまで啜り泣きながら全裸のまま横たわっていた。

精神は完全に打ちのめされていた。肛門を凌辱されたことは、最初のレイプの時以上のショックだった。しかし肉体は違った。芝生の上にうつ伏せになりながら秘唇を触ってみると、愛液が溢れている。体は残酷な辱めを受けてもなお燃えている。

「あ、う……、う……」

背に尻に腿に雨滴を受けながら、一糸纏わぬ姿で横たわる裸女は、散々に鞭打たれて無残に蚯蚓《みみず》腫《ば》れの走るヒップを持ちあげ、右手を秘裂にあてがい、切なげに呻き、身をよじりながらせわしなく指を動かし続けた。一度ならず、二度、三度と絶頂に達するまで……。

翌日、鳴海淑恵はまた夢見山小学校を無断欠勤した。その日、彼女は夢見山から逃げ出して東京へ出たのだ。執拗な強姦魔の手と残酷な責めから逃れるために。

# 第十二章　レズビアン教師

「これで全部よ」

　告白を終えて鳴海淑恵は呟いた。

「驚いたわ。そんなふうに脅迫されてたなんて、まったく知らなかったから。それじゃ逃げ出すのは無理ないわ」

「一番最初に脅迫された時、毅然《きぜん》としてはねつければよかった」

「すんでしまったことは、あれこれ考えないほうがいいわ。問題は、どうやって犯人を見つけるかよ。心あたりはないの？」

　鮎川まり子の先輩であり、六年三組の前の担任は首を振った。

「分からないのよ。どうして私があんな目に遭わなきゃならないのか……。夢見山小学校には私よりもっと若くてピチピチした女教師もいるのに……」

「まず、犯人の特徴を整理してみましょうよ。年齢と体格から……」

「襲われた時は目隠しされていたのでハッキリしたことは分からないけど、とにかく若いことは確かよ。それに小柄ね。のしかかられた時の印象からいって体重もそんなになかったようだし。肌はすべすべしていて、筋肉もそんなになく、毛も少なかった」

「なんか女性的な感じがするわね。声は？」

「『ふふっ』と含み笑いしたり『うっ』と呻くとか『はーっ』と息を吐くぐらいしか聞いていないけど、そういえば男性的なザラザラした声の持ち主じゃなかった」

「ペニスは小さめだったって言ったわね？」

「うん。だけど勃起力というの？　固さは充分だったわ。それと回復も早かったし。ただ、女性の体験はあまり豊富じゃないわ。闇雲に突きたてるだけでなかなか挿入できなかったし、入れたとたんに射精してしまうし……」

「やっぱり若い男性ね。童貞だったかもしれない」

「そうかもしれない。でも性格は残酷よ。私が意識を取り戻すまで犯すのを待ったり、鞭で打ったり……。苦しむ姿を見て楽しいみたいだった」

恐怖の体験を改めて思い出し、鳴海淑恵はぶるっと震えた。

「犯人の背景を考えてみましょう。学校の内部のことに詳しくて、先輩の教室のこともよく知っている人物ね。先輩のアパートも知っていたし」

「パソコン、ポラロイドカメラ、望遠鏡を持っているわ」と淑恵が指摘する。

「そうそう、送りつけられた脅迫状とポラロイド写真は持っていないの？　それから何か分かるかもしれない」

「ごめん……。見るのも触るのもイヤで、みんな燃やしてしまったの。でも、プリンターは家庭なんかで使う一般的なやつよ」

「うーん、そういうプリンターってどこの家庭にも一台ぐらいあるものね……。文章は？」

「よけいなことは一切書かず、誤字も脱字もないキチンとした文章だった。文章力がある人物だと思う。角封筒も紙も、何の特徴もないごくふつうのものだったし……」

「ということは、ずいぶん頭のいい人間だということね。襲うときもちゃんとゴムの手袋をはめて、用意した目隠しの袋とか手錠とかはちゃんと回収している。決定的な証拠を残さないように計画を立てているし。たぶん封筒や紙にも指紋はついていないでしょうね」とまり子。

「そうね、入念に計画を立て、準備をしている。そこいらへんのワルガキじゃないことは確かよ。そうとうに知能指数の高い男ってことになるわ」

「ポラロイドカメラ、望遠鏡を持っているってことは、ある程度裕福な家ってことが考えられない？」

「そうも言えないわ。ポラロイドカメラも珍しいものじゃなくなってきたから……。でも、手錠——たぶんオモチャだと思うけど、そういうのは持っている人って少ないわよ。特殊な趣味の持ち主でないと」と淑恵が指摘した。

「特殊な趣味って？」

「ほら、ＳＭとかそういうの。だとしたらポラロイドカメラとか望遠鏡というのも、特殊な趣味のために買い集めたものに違いないわ」

「そうか。覗きもやってるから、この男は相当に変態的なやつだわ。真夜中に出歩いたりして怪しまれないような、一人暮らしの男かもしれない」

しかし、そうやって犯人像を絞っていっても、淑恵には該当しそうな人物の心あたりは浮かんでこない。一番可能性があるのは淑恵の同僚だった男性教師たちだが、これらの特徴があてはまる人物は存在しないのだ。

「まいったなあ、確かに私の傍にぴったり密着して、四六時中私を見守っていた男なんだろうけど、まったく見当もつかない……」

淑恵は頭をかかえてしまった。

「それじゃ、別の手がかりを考えてみない？　ほら、校内でパンティを脱げとか、教室でオナニーをしろと脅迫したからには、生徒の中に犯人に通報する共犯者みたいなのがいるんじゃないか、って疑ったでしょう？　あれ、正しいと思う」

「だけど、それだったら私を憎んでいる子でしょ？　吉松京太ぐらいしか考えられないわ。あの子はよく叱ったから。でも、彼はとくに不審な素振りを見せてないわ。私を観察していたような様子もないし」

「ほかに誰もいないかしら？　女の子でも？」

「女の子？」

「そう。犯人はその子に事情を知らせず、ただ『淑恵先生はどんな様子だった？』と聞くだけでもいいわけでしょう？」

「あ、そうか。生徒の男きょうだい、あるいは家族みたいな男性ってことも考えられるわけだものね」

淑恵はしばらく考えこんだが、情けなさそうに首を振って答えた。

「……ダメ、分からないわ。そうやって疑えば、クラスの子全員が疑えるもの」

「それもそうね」

二人の女は溜め息をついた。

「じゃ、今夜はこれまでにしましょう。いずれにしろ犯人はまだ夢見山にいるんだし、これだけ情報があれば、私も気をつければ何か分かってくると思う」

「ごめんなさい。私が証拠を捨てたりしなければ、もっと何か分かったのに……。今さら悔やんでも仕方ないけど」

淑恵はそう言って両手で顔を覆った。

「なに言ってるんですか。すべては卑劣な犯人のせいよ。先輩が自分を責めることはないわ」

まり子は強い口調で励ますように言った。淑恵は自嘲《じちょう》するように唇を歪めた。

「そう言ってくれるのはありがたいけど、正直な話、全部が全部、犯人に無理強いされたことじゃないのよ。オナニーしろという命令だって、スカートの中を監視しているわけじゃないんだから、真似だけでよかったのよ。窓から覗かれたときだって、演技ですませたろうし……。本当のところ、私が一番恐れたのは、犯人の残酷さより自分自身の淫乱さを知らされたことなのかもしれないわね。本当の自分は、あさましい姿を見られて昂奮する露出狂だってことを教えられて、それで錯乱して逃げだしたのかもしれない」

「でも、女ってみんなそういう要素をもっているんじゃありません？　私だってそうですもの」

まり子は呟くように言った。淑恵は、後輩であるまり子をまじまじと見つめた。

「あなた、驚かさないでよ。育ちのよいお嬢さんタイプなのに……」

後輩の女教師はツイと立ち上がると、年上の女の傍に立った。淑恵の手をとると、自分のスカートの中に導いた。

「何を……⁉」

びっくりする淑恵に、まり子が囁くような声で言う。

「私も淫乱なんです。その証拠がこれよ……」

まり子に握られた手を引きぬこうとした動きが途中で止まった。淑恵の指は若い女の秘部を包んだ薄布のふくらみに触れている。ジットリとした湿り気が指先に伝わってきた。

「濡れてるわ」

淑恵は目を丸くした。後輩のまり子は微笑して頷いた。

「そうよ。先輩が強姦魔にどんなことをされたか、それを聴いているうちに濡れちゃったんです」

「呆れたひと……」

そう言いながら、淑恵の指はとどまる。いや、ほんの少し躊躇《ちゅうちょ》してから、まり子の下着の底をさぐりだした。まり子はそれを拒まない。それどころか内股を開くようにさえした。二人の体は密着していて、お互いの体温と鼓動が相手に伝わってくる。淑恵は同性の好ましい肌の匂いが次第に強まるのを覚えた。

「あ」

　まり子の唇から短い声が発せられてピクンとヒップが揺れた。パンティの股布をこじるようにして年上の女の指が秘められた谷間をさぐりにきたのだ。温かい液で柔らかい裂け目はヌラヌラと濡れそぼっていた。

「すごい。こんなに濡れて……。いったい、私の話のどこで昂奮したのよ」

「教室でノーパンになったとか、生徒たちの前で自分を刺激したところ。お部屋で窓を開けてオナニーしたところも、すごく感じたわ」

「まあ、なんてひとなの？　確かにあなたも相当、露出狂の気があるみたいね」

「ええ。でも、教師っていうのは、教壇の前に立って自分をさらけだす職業をすすんで選んだのだから、そういう欲望がもともとあるんじゃないかしら？　私なんか、時々、子供たちの前で素っ裸になって、自分の性器を見せたい、見てもらいたいっていう欲求を覚えることがあるわ。あ……」

　悩ましげに眉をひそめ、もじもじと豊かなヒップをくねらせるまり子。淑恵の指が充血している敏感な肉の芽を愛撫してきたのだ。割れ目はさらに熱い液で潤い、内腿を濡らした。

「それにしても、すごく感じやすいタイプね。ほら、少し触るだけでこんなにビショビショじゃないの……」

淑恵の頬も紅潮している。座ったままの彼女は、片腕を立っているまり子の腰に回して、女らしさの張りつめた双臀をスカートの上から揉むように愛撫している。

「はあっ」

まり子は目を瞑り、されるがままになっている。膝が震えるのか、両手を淑恵の首に巻きつけるようにして体重を支えにきた。

「…………」

淑恵は、まり子のパンティをパンストごとさらに膝のほうまで押しさげた。なめらかな肌と濃密な恥毛をもつ下腹はスカートの下で完全に無防備になった。

淑恵は、今度は両手の指を使って攻めだした。左手の指を豊かな陰阜の下に、もう一方の人さし指と薬指で花びらを広げて、中指の腹で濡れた膣前庭から膣口、さらに会陰部へかけての粘膜を擦りたてる。同性の性感帯を刺激する手つきは、明らかに初めてではない。

「あっ、いい。いいわ、すごく……」

ついに膣口を侵略されたまり子は、あられもない声をあげてたまらずに淑恵の膝を跨ぐ姿勢になった。二つの唇がそれぞれ反対の極をもつ磁石のようにスウッとひきつけあい、ぴったりと密着した。

「む……」

甘美な女同士の接吻。まり子の手はせわしなく動いて年上の女のブラウスをはだけ、ブラジャーのカップを押しあげ、形のよい碗型の乳房を掌でくるむようにして愛撫する。たちまち膨らみ、勢いよく前にせり出してくる褐色の乳嘴《にゅうし》。

「あン……。ふうっ」

舌と舌をからめあい、互いの唾液を啜りあう濃厚なディープキスの後、淑恵は清楚な美貌をもつ後輩の耳に囁いた。

「ね、今晩、泊まっていったら？　夢見山には始発で帰れば間に合うわよ」

「かまいません？　半分、そのつもりで来たんですけど……」

「最初から誘惑する気だったの？　悪い人ね」

驚くほどの蜜を溢れさせる性愛器官を指でなぶりながら、淑恵は軽く睨んだ。

「レズなんて、大学時代以来ね。私、バスケをやってたから、合宿の時なんかによく先輩にかわいがられ、後輩をかわいがったものよ。卒業してからはほとんどしてないけど、あなたは？」

「大学の時は寮にいたから、先輩たちにずいぶん仕こまれました。卒業してからは時々、……ですね」

「きまった相手がいるの？　男もふくめてだけど」

「いえ、どっちもいません」

その部分はキッパリ答えたまり子だ。

二人の女は全裸になって一緒にシャワーを浴び、ベッドの中で相互吸舐から始まる激しい同性愛に耽溺した。

——真夜中、ようやく二人の体が離れた。さすがに空腹を覚えた女たちは素っ裸のままキッチンで簡単な食事を作って食べた。その間も唇を重ね、互いの乳房や性器をまさぐりあった。よく冷えたビールは口うつしで相手の喉へ注がれる。

「ずいぶんりっぱなおっぱいね。それで全然垂れていないし……。うらやましいわ」

膝の上に小柄なまり子をのせて愛撫していた淑恵が、ふいに思い出したように言った。

「吉松京太はどうしてる？」

「あら、こんな時にどうしてあの子の名前が出るの？」とまり子。

「知らない？　あの子はねおっぱいが大きい女性が好きなのよ」

「あ、そういえばそうね……」

「思いあたる？」

「ええ、最初のプール授業の時、私を見て『先生、いい体してるなあ』ってニヤニヤ笑いながら近よってきて、水の下で私のお尻を触ってきたもの。その時の様子がね」

「あいつ……。で、あなたはどうしたの？」

「ふふ。一応は『ほめてもらってありがと』って言って、『きみもりっぱなモノ、持ってるみたいね。先生にも触らせて』って言ったの」

「京太なら喜んで触らせたでしょ」

「そう。だから睾丸を摑んで、思いきり締め上げてやったわ。悲鳴をあげたわよ」

六年三組の前の担任は目を丸くした。

「えーっ、すごいことしたわね。京太、怒ったでしょう？」

「最初は真っ赤になったけど、ほかの子たちがどうしたのかと思って見るし、彼も照れ臭くなったのか、ゲラゲラ噴き出して『やったなー』って笑って行ってしまったわ」

「ふーん……」

淑恵は考えこむ目になった。

「私はさんざんあいつに悩まされたけど、あなたはそうでもないみたいね」

「さあ、京太はどう思ってるのか知らないけど、今のところ、わりとおとなしいの。何かウマが合うのかしら」

「言い方は悪いかもしれないけど、あなたは子供たちを丸めこむ才能があるのよ、きっと。これまでどの教師も押さえこめなかった京太を掌握してしまったんだから、たいしたものだわ」

「京太のことだけど……」

　まり子は急に思いついて訊いてみた。

「学校中、敵なしというあの子が、小田桐雅史にだけは低姿勢ね。京太ならひとひねりで潰せる相手なのに、なぜかしら？」

「雅史くんは五年生になって転校して、私がずっと受け持ったけど、最初は京太も敵意をもって、いろいろイヤがらせをしたのよ。もちろん彼だってバカじゃないから、悲劇のヒーローで人気のある雅史を表立ってはいじめなかったけれどね。ところが、少ししてからピタリとそれが収まったの。あの子の性格からして、ちょっとヘンだなとは思ったわよ。私が何回も注意したのにやめなかったのに……。親か誰かがきつく叱ったのかもしれない。誰の言うことも聞かない子だけど、父親の言うことだけは聞くのよ。いまいましい男だけど」

「新町の子をいじめないように親から言われた、って言ってるわね」

「それが本当かどうか、私には分からないわ。あの父親が新町の住民を大事にするなんて思えないし……。やっぱり、雅史をいじめたら損だと思っただけのことかも」

「そうね……」

「雅史はいい子よ。頭がよくて素直だし、出しゃばらないし」

淑恵は、自分が一番目をかけていたできる子のことを思い出す目つきになった。

まり子は冷蔵庫の中からキュウリを取り出し、流しで洗いはじめた。

「どうするの、それ?」と淑恵が訊いた。

「分かってるでしょ。二人で合体して楽しむのよ」

「まあ」

年上の女は頬を赤らめ嬉しそうに笑った。

# 第十三章　スワップ交歓記

仕事の締め切りに追われて、しばらく清瀬老人の所を訪ねなかった直希だが、ある日、思いたって自転車を老人の隠居所へと走らせた。

もう一度、あのビデオを見せてもらって、登場していた家庭教師が、まどかのクラスの新しい担任になった鮎川まり子と同一人物なのかどうか、確かめたかったからだ。

彼が到着してみると、門の前に黒塗りの乗用車がとまっていた。いかにも社用、あるいは公用車といった感じだ。ナンバーは品川。東京からの車だ。

(ほう、お客が来てる)

珍しいことだった。彼が清瀬老人の家を訪ねるのは、いつも平日の午後という時間帯だが、この家で客と出くわしたことはない。もっとも『桃色ドリーム』の美登里とか、出張売春の人妻、和子は別としてだが。

(出直そうか)

ためらっていると、生け垣の隙間から彼の姿を認めたに違いない、清瀬老人の声がかかった。

「おーい、鹿沼さんよ。よく来た。まあ、上がってゆきなさい」

そう言われると、どんな客なのか見てみたいという気もする。門から庭に入った。客は二人だった。

清瀬老人は縁側に座り、客たちは縁先に腰かけている。どちらも男で、二人とも黒っぽい背広をきちんと着こなしている。ノコノコ入ってきた直希のほうをチラと見、形式的に会釈をした。

一人は四十代前半ぐらい、ごま塩頭を短く刈りあげた、ずんぐりとした体格である。もう一人は二十代後半か、背が高く、痩せている。

(ずいぶん目つきの鋭い連中だな)

彼に投げかけられた二人の視線を受け止めながら、直希は訝しんだ。一瞥《いちべつ》して相手の素姓を見抜こうとする鋭い視線を投げかける職業は、たいてい犯罪に関係している。ヤクザか警察だ。

「いやあ、通りがかりに寄っただけで……。お客さんでしたら、また、後で来ます」と直希が言うと、

「なに、いいんだ。もうおおかた用はすんだところさ。ま、かけなさい」

「じゃ、失礼して」

勧められるまま、先客が腰かけている縁先に腰をおろす。清瀬老人は機嫌がよい。男たちがヤクザにしろ警察にしろ、老人をめぐるトラブルではなさそうだ。

「この人たちは刑事でな、二年前の殺人事件の聞きこみに歩いているのさ。ほれ、西城町の助教授殺人事件の」

やっぱり警察だった。

「ああ。知ってます。へぇ、まだやっているんですか……。とっくに迷宮入りしたものと思っていましたが」

二人のうち若いほうが渋面をつくり、年かさの男が苦笑して言った。

「迷宮入りしたからといって捜査をやめたわけじゃありませんよ。捜査本部は解散しましたが、専従の捜査員はずっと聞きこみを続けているんです」

「こちらは鹿沼さんといって、わしの茶のみ友達というか、遊び友達だな。夢見山の住宅団地にお住みだ」と清瀬老人が紹介する。

「ほう……。じゃ、ガイシャの両親と息子が住んでいる近くですな？」

若い刑事が言った。

「そうです。ぼくらは事件の後に引っ越してきたのですが、実は私の娘がその被害者の息子と同級になったんです。なかなかよくできる子でクラスの人気者らしい」

「おや。おたくのお嬢さんは、小田桐雅史の同級生ですか」

二人の男はチラと視線を交わした。直希の価値を値ぶみしているようだ。

「でも、西城町の事件なのに、こっちのほうまで聞きこみに歩いているんですか」

直希の質問には若い刑事が答えた。

「西城といっても、夢見山の向こう麓がもう境界ですから、事件の現場はここから二キロと離れてません。おたくの住宅団地など一キロちょっと、歩いても十五分ぐらいです。事件の前後に犯人が通り抜けていった可能性は充分にありますよ。あるいは、住んでいるとか……」

「え、現場はそんなに近いんですか⁉」

直希はびっくりした。新住民だから地理に疎い。世間を震撼《しんかん》させた残虐な殺人事件の現場がわが家から歩いて十五分のところとは知らなかった。

「ええ。ガイシャの息子――小田桐雅史も、事件の夜、家で食事をした後、自転車で祖父母の家に泊まりに行ってますが、そのコースはちょうどおたくの家の横を通ってます」

「はあ……。彼はそれで難を逃れたわけですね」

「ええ。まあ、そういうことになります」と年かさの男が答える。

「それで、事件のほうは解決の見こみはどうなんですか？」

二人の男はちょっと躊躇した。部外者の直希に簡単に情報を伝えるわけにはゆかないのだろう。清瀬老人が口をはさんだ。

「この鹿沼さんは私と親しくしてる人だし、気心も知れてる。喋《しゃべ》らんでくれといえば、ほかには洩らさないよ。それに娘さんのこともある。一種の関係者ではないかね」

「はあ」

二人の刑事は頷いた。どうも清瀬老人は単なる第三者ではない。彼らとは以前から顔なじみのようだ。それに、刑事たちは老人に対して恭《うやうや》しい態度をとっている。老人の態度にもふだんにない威厳のようなものが感じられる。年かさの男が前より率直な口調で直希に喋りだした。

「鹿沼さんは、助教授夫妻殺しについては、だいたいご存じでしょう？」

「ええ。マスコミを通じての情報だけは……。ずいぶん残虐というか淫虐というか、猟奇的な事件でしたね。父親も母親も全裸で縛られて、拷問を受けたあげくに殺されたんでしょう？　確か夫はペニスを切断されて撲殺、妻は強姦されて全身をズタズタに切り裂かれていたとか」

「そうです。私も本庁から応援に駆けつけて事件直後に現場に踏み込んだのですが、家中血だらけで、殺しの現場には慣れてる私もしばらく茫然となりましたよ」

本庁というと警視庁のことだろう。黒塗りの乗用車が品川ナンバーをつけている理由が分かった。

「マスコミでは変質者による淫虐殺人だろうと言ってましたが」

「まあ、ふつうの強盗とか怨恨だったら、あそこまでやらないでしょうからね。ただ、これは外部には公表していませんが、あの現場には彼ら夫婦以外に複数の人間がいた形跡がありましてね、しかも亭主の書庫を調べると、何か持ち出されたような跡も残っていました。だったら流しの強盗が居直ったということも考えられるので、それで惑わされたんですよ……」

「複数の人間……。犯人は男二人だったわけですか？」

「現場に残された陰毛とか体液で、男は少なくとも二人いたことが分かっています。夫人の膣からは違う血液型の精液が発見されました。O型とB型です。そのほかに妻とは明らかに違う、女性の毛髪と恥毛が残されていました」

「女性の……!?」

直希は驚いた。血みどろの淫虐殺人の現場に女性もいたなどとは思いもよらなかったからだ。

「だとすると、男二人と女一人の集団が夫婦を殺害したわけですか」

「最初は、私たちもそう思っていたんです」

「違うんですか？」

「これは、われわれ捜査員でもごく一部の者しか知らないことなので、鹿沼さんにはくれぐれも外部に洩らさないようにお願いしたいのですが……」

真剣な目つきで重々しく言葉を継ぐ老練の刑事は、直希を仰天させる事実を打ち明けてくれた。

「実は事件の当夜、あの夫婦はスワッピングをしていたんです」

直希は目をむいた。

「スワッピング？　夫婦交換ですか？」

「ええ。ああいうのに耽るのは、わりとインテリの夫婦に多いようですな。小田桐夫妻は事件の二、三年ぐらい前からスワッピングの団体に加入して、月に一度か二度のわりで他の夫婦とスワッピングを楽しんでいたのです。まあ、偽名で加入していたことと、極端に自分たちの身分を秘密にしていたので、そのスワッピングの会の主宰者もメンバーも、あの事件で殺された小田桐夫妻が会員だとは気づかなかったのです」

「はあ……」

直希はまったく度胆を抜かれてしまった。被害者の小田桐正孝《まさたか》は、四十になるかならないかで一流名門大の法学部助教授となり、将来を属目された国際関係法の法学者である。妻の八千代《やちよ》も大学卒業と同時に難関中の難関といわれる司法試験を突破、弁護士の資格をもつ才媛だ。共に法曹界で活躍していた夫婦が、よりにもよってパートナーを交換して性の悦楽をむさぼる趣味をもっていたとは……。年かさの刑事が説明を続ける。

「実際のプレイは、相手の家やホテルでやることもあれば、自分たちの家でやることもあったようです。そういう時は、子供の雅史は祖父母の家に泊まらせたようですね。あの夫婦と亭主の両親は仲が悪かったそうですが、幸い、孫はなついてましたから、喜んで泊まりに行っていたようです」

「なるほど。雅史は、それで事件の夜は家にいなかったのですね」

「そうです。夕食をとった後、雅史少年は自転車で祖父母の家に向かいました。自転車だと五分ぐらいの距離です。その直後にスワッピングの相手が車でやってきて、真夜中まで楽しんだわけです。互いの妻を抱いてね」

「ということは……、そのスワッピングの相手は分かっているんですか」

「ええ。ようやく分かりました。その相手は自分たちが犯人と思われるのではないかと恐れ、事件の後も沈黙していたのです」

「じゃ、二年もたってから警察に出頭して告白したわけですか。ちょっと自分勝手すぎますね、こんな重大な犯罪の重要証人なのに」

「それが、違うんです……。その相手の夫婦は、あの事件から間もなく、死んでしまったのです。二人一緒に」

「えっ⁉」

直希はまたもや目をむいた。

――西城町、夢見山市とも境界を接するU――市で、会計事務所を営む大江《おおえ》健次《けんじ》という男の自宅兼事務所が爆発炎上したのは、小田桐夫妻が殺されてから二週間後の未明のことだった。

プロパンガスの元栓、風呂場のガスの栓が開け放しになっていたことから、閉め忘れたガスが洩れて、たぶん冷蔵庫のモーターの火花で引火、爆発したと思われる。二階に寝ていた夫の健次と妻の典子《のりこ》は、崩れ落ち、燃えつきた家の中から焼死体で発見された。

二人には子供がいなかったので、死後、焼け残った遺品は健次の兄のもとへ運びこまれた。今年、夫婦の三回忌を終えたので、手をつけていなかったそれらの遺品を整理していたところ、夫婦生活の内容を記した手記、特殊な趣味――この場合はスワッピングの会報や通信文の束が出てきた。

一読した兄は、弟夫婦が惨殺された小田桐夫婦と交際していて、しかも殺人事件のあった当夜、小田桐家でスワッピング・プレイをしていたことを知り、驚いて西城署に通報してきたのである。犯人逮捕の手がかりを摑めず事件を迷宮入りさせて面目を失していた西城署が色めきたったのは言うまでもない。

大江家の爆発炎上と夫婦の焼死した事件は、不幸な事故として処理されていた。警察と消防署は改めて爆発の原因を捜査し、小田桐夫妻殺しと関連がないかを調べている。

その後の調査で、この夫婦——夫の健次・四十五歳と、妻の典子・三十七歳——は小田桐夫妻と同じスワッピング同好者の団体『カップル・ライフ』に参加していた。月々発行される会報に「なるべく近くの夫婦」という条件でプレイ希望者を募集するメッセージを掲載したところ、夫の小田桐正孝から申し込みがあったのだという。

西城町とは車なら十五分ぐらいで行き来できる。高学歴のインテリ夫婦で性的な趣味も一致しているようなので、大江夫妻は小田桐夫妻とスワッピング・プレイに踏み切った。殺人事件の起きる一年前のことである。

この二組の夫婦は、平均して月に一度ぐらいの頻度で交歓した。場所は交互に相手の家を訪問する形で行なわれた。

「大江健次は、この交歓プレイの模様を『カップル・ライフ』の会報に報告しているんです。まあ、すごいもんです。読んでみて下さい」

年かさの刑事が、携えてきたアタッシェケースの中からコピー用紙の束を手渡した。会報というのは、主としてパートナー募集のメッセージを掲載しているが、スワッピングを実行してどのように楽しんだのか、スワッピング礼讃的な手記も毎号、何編か掲載される。『O氏夫妻との交歓記』なるタイトルがつけられている大江健次の手記も、主宰者に〝模範的なスワッピング例〟と認められ、掲載されたのだという。

〝×月×日、O氏夫妻（小田桐夫妻のこと）と四度目のプレイを行なう。私のほうの仕事が忙しく、二か月ぶりのスワッピングである。

場所はS——町のO氏邸。ご夫婦で法律関係のお仕事をしてらっしゃるというが、庭も広く、なかなか立派なお宅だ。

車で訪問したのが午後八時。小学校四年生になる息子さんがおられるのだが、プレイの時は、近所に住むご主人のご両親のところで預かってもらうのだそうだ。「そろそろ性的にも目覚めてくる時期の子供がいると、スワッピングに関する資料とか写真などの保管に気をつかうのです」と奥さまがこぼしておられた。子供のいない私たちには分からない苦労である。

広い玄関ホールで出迎えのO夫妻と挨拶。といっても、私のペニスに奥さまが、O氏のペニスに妻のN子（大江典子）がキスするのが、私たちの再会の挨拶というわけである。もちろん、妻は車を降りる時に服を脱がせて、身につけているのは紐で結ぶ式の赤いスケスケショーツとハイヒールだけだ。夏なので私は浴衣一枚。その下はパンツも着けない素肌なので、奥さまは前をかきわけるだけで私の勃起したペニスに濃厚な接吻をなさる。

奥さまのY代（小田桐八千代）さんはちょうど四十。長身で外国人のように足が長く、スリムな体形でプロポーションは絶妙である。髪も短く切って、全体の印象は爽やかでボーイッシュ。とても小学校四年の息子さんがいるママさんには見えない。三十七の妻よりずっと若く見える。やはり外に出てバリバリ仕事をなさっているからだろう。社会では男まさりのお仕事をなさっている奥さまが私の目の前で奴隷のようにかしずいてペニスを咥えてくれるのだから、私の昂奮も一層高まるわけだ。

しかも、奥さまはご主人の好みで、ブラジャー、パンティ、ガーターベルトにストッキング、ハイヒールにいたるまで黒一色の、西洋の娼婦のようなセクシィないでたち。肌の色が抜けるように白いので、黒いナイロンのランジェリーと黒エナメルのハイヒールがよく映えるのだ。

ご主人はガウンを纏っていらっしゃるが、もちろん下は全裸。N子のフェラチオを受けて目を細める。N子はやや中年ぶとりの傾向なのだが「私はもともとグラマーな女性が好きなのです」とおっしゃる。ふだんはムッチリしたN子を抱いている私も、スリムなY代さんを抱くとたいそう刺激的で、それがスワッピングの醍醐味といえるだろう。

最初にリビングルームに通され、よく冷えたシャンパンで乾杯する。それから男二人はゆったりした肘かけ椅子に座り、私はY代さん、O氏はN子の性器開陳を見る。つまり下着を下ろして指でラビアを広げさせ、昂奮の度合いを検査するわけだ。

Y代さんは黒いランジェリー姿で玄関ホールに三十分も立たされていたそうで、待っている間にお洩らししたように薄いスキャンティを濡らしてしまっていた。それを脱ぎ下ろして秘花を指で広げてみせると、泉は滾々と溢れて高価な香水とミックスした女体の芳香が私の鼻を刺激し、私は視覚と嗅覚の両方で激しく昂奮させられてしまった。

妻のN子も、O氏の目の前で、やはり濡れてシミになった紐ショーツを脱がされた。彼女は私の手で毎日剃毛《ていもう》されている。今回、O氏がぜひ剃毛の現場を見たいというので一週間前から剃毛をやめているのだが、O氏も視覚的にN子の秘部の眺めに激しくそそられた様子で、早速、クンニ・プレイに入る。

私もY代さんを押し倒したい欲望をこらえつつ、彼女にオナニーショーを演じさせる。羞恥をこらえながら濡れた粘膜に指をうごめかせるY代さんの体が紅潮してゆく。

やがてN子はクンニされて軽いオルガスムスに達した。Y代さんもあられもない声を張りあげ、膝を折って絶頂に達した。

気を取り戻した二人を絨毯《じゅうたん》の上に四つん這いにさせ、スパンキング・プレイに移った。私は素手でY代さんのお尻を叩く。O氏は皮製の房鞭を持ちだし、N子の豊満な臀部を叩きだした。真っ赤に腫れあがるわが妻のヒップを見て、私も競争心を煽《あお》られ、O氏の鞭を拝借してY代さんが泣きながら許しを請うまで十回ばかり鞭を浴びせた。

ここまでくると女たちも激しく昂奮し、愛液の豊富な妻など、失禁したように股を濡らして、滴は絨毯の上にしたたり落ちるぐらいだ。

鞭打ちが終わると、ソファの上で二人の女を抱き合わせ、レズビアン・ショーを演じさせる。Y代さんは以前、その経験があったようで、ずいぶんと達者なテクニックだ。N子は防戦一方、激しく泣き悶えるだけである。

Y代さんが上になり、二人で相互クンニ。妻は五分ともたずに昇天してしまう。それで罰として食卓用の背もたれのついた椅子に大股開きで緊縛して放置する。つまり、私たちの三Pプレイに参加できず、ただ見るだけの責めを与えられるわけだ。口にはじっとり濡れたY代さんのスキャンティを丸めて押しこみ、猿ぐつわにする。

いよいよY代さんを辱める時がきた。マゾ性がとみに強くなったという人妻を後ろ手に縛りあげる。私が椅子に腰をかけて股を広げると、縛られたY代さんが不自由な恰好でフェラチオで奉仕する。巧みな舌づかいに思わず暴発しそうになるぐらいだ。その間、O氏は彼女の背後に回り、指で性器と肛門を刺激する。小さなバイブレーターを持ち出し、肛門に挿入したりもする。そのたびに私のペニスから口を放して喘ぎ悶えるY代さんの美貌はいよいよ凄艶さを増してくる。

次にO氏が椅子に座り、私が背後に回る。「犯していいですよ」の声を待つまでもなく私の怒張しきったものは濡れ濡れのラビアをまきこむようにして膣の奥へと突き込まれた。「あーっ」と叫び声をあげるY代さんの頭を押さえつけてペニスを喉の奥まで突き立てるO氏。後ろ手に緊縛された黒いランジェリー、ストッキング姿の美女が口と性器をペニスで辱められている図は、最高に刺激的だ。

「二穴責めといきましょう」

O氏に促されて、私は絨毯の上に仰向けになった。天井を向いて屹立している私のペニスの上にY代さんは跨がり、ヒップを沈めて全長を受け入れてくれる。その恰好で前に倒れてきて私と接吻。お尻が広げられる体勢になるのでアヌスも丸見えになる。ベビーローションを塗りこめてから、O氏が背後からY代さんのアヌスを貫く。

「ぎゃーっ」という獣じみた叫びが知的美人のY代さんの口から迸《ほとばし》る。私は彼女の暴れる裸身を押さえつけながら腰を突き上げた。後ろから抽送するO氏のペニスが膣と直腸を隔てる肉の壁ごしに感じられる。Y代さんは二つのペニスに突きまくられ、泣きわめき悶え狂います。そして凄絶なオルガスムス！　私が最初に、次に一瞬遅れてO氏がY代さんの肉の奥に精液を迸らせた。

Y代さんがこうやって二人がかりで犯されるのを、妻のN子は全裸で縛りつけられたまま見せつけられ、狂おしい羨望と嫉妬に秘部を濡れるだけ濡れさせて悶えていた。私は彼女の縄を解き、まずO氏を舌で清めさせ、次に私自身を清めさせた。次に絨毯の上にぐったり伸びているY代さんの脚の間に跪《ひざまず》かせ、二人が放出した男性のエキスを、膣と肛門から啜らせて清めさせたのだ。

Y代さんが回復するのを待って、舞台は浴室へと移動した。O氏にN子の剃毛シーンを見せてあげるためだ。

N子はO氏によって後ろ手に手錠をかけられた。「手錠や鞭など、こういったSM道具を保管するのには気をつかいますよ。子供の目についたら困りますからね」とO氏。浴室までN子を連行する途中、Y代さんも「夫に愛されるために着けるセクシィな下着なども、子供が学校に行っている間に洗い、乾かすんです。一度など、午前中で授業が終わるのを忘れていて、子供が帰ってきたときまだ外で干していたんですね。ガーターベルトを見て『ママ、これ何に使うの?』と訊かれて返答に困ったことがあります」と笑いながら打ち明けられた。

浴室では、全裸のN子を浴槽の縁に腰かけさせる。私とO氏がそれぞれの脚を持ち、ギリギリの限度まで開脚させ、Y代さんがカミソリを持って脚の間にしゃがみこんだ。しきりに「剃毛されたお○○こって綺麗ね」と溜め息をつく。もともとはあまりにも濃いヘアに辟易した私が剃毛してやったのだが、その時に妻があまりにも昂奮したので、それ以来、私たち夫婦の神聖な前戯となってしまったのだ。

Y代さんは「私も剃毛してもらいたいけど、息子がいるからやっぱりダメだわ」と言う。息子さんの体を鍛えるため、週に二度、水泳教室に母子で通っているのだという。水着になった時、剃毛されていることが分かったら困るというのだ。やっぱり息子さんも男の子だから、Y代さんが水着に着替える時など、母親の裸体を気にしている様子だという。

「シャボンなど必要ありません。愛液で充分剃れますから」と言うと、指でN子の割れ目を弄り、液を溢れさせて周辺に塗りたくりカミソリを使う。

妻は刃をあてられる度に「はーっ」と溜め息をついて腰をもじもじさせる。私に剃毛される時以上に、同性であるY代さんに秘部を剃られることに昂奮を覚えるのだ。愛液は次から次へと溢れ出てきて、O氏夫妻を驚かせた。

舞台を寝室に移す。夫妻の寝室は床の間のついた八畳の和室である。床柱を後ろ手に抱かせるようにしてY代さんを縛りつける。今度は彼女が私たちの三Pを見せつけられる番なのだ。口にはN子の匂いがしみこんだ紐ショーツを押しこみ、厳重に猿ぐつわをかける。

N子は畳の上に仰臥させられた。手錠をかけた両手は頭の上に伸ばす。全裸のO氏がシックスナインの体勢でおおいかぶさり、綺麗に刈られた陰阜に接吻し溢れる愛液を啜る。もちろんペニスはN子の口の中に突きこまれ舌の奉仕を受けている。私はそんな二人を見ながらY代さんの膣や肛門に指をいれて悪戯する。Y代さんも驚くほどに濡れて悶え狂う。

やがてO氏はN子を横抱きにして、彼女の中に横臥位で侵入した。

私は促されるままにN子の背後からやはり横臥しながら肛門に挿入してゆく。彼女の上の脚は私がたかだかと持ちあげているので、二本のペニスが突きたてられる図はY代さんの目にハッキリ見える。

Y代さんは目を丸くして二本のペニスが出たり入ったりするありさまを眺め、腿までびしょびしょに濡らしている。

二人とも余裕があるので、声をかけあいながらN子を何度も絶頂に導く。三十分ほどもそうやって楽しんでから、まずO氏が唸りながら子宮めがけて発射、私も直腸の奥に発射した(言い忘れたが、O氏も私もパイプカットをしているので、避妊の必要はない)。

二人の精液で汚れた肉穴を、やはりY代さんの舌で清めさせてから、ぐったりしたN子を抱いて浴室へ戻り、汗と体液を洗い流した。

その後、再びリビングルームに戻る。冷えたビールを呑みながらしばらくおしゃべり。やがてY代さんは私の膝の上、N子もO氏に抱かれて接吻されたり秘部を触られたりしながらの談笑だ。

話題がまたO氏夫妻の息子さんのことになる。優秀なご夫婦の間に生まれただけあって、小学校四年なのに、もう六年生までの教科書のすべてを理解しているという。来年からは中学校の教科書を用いて本格的な受験勉強をやらせるつもりだという。最近の私立中学では受験の時から英語や、かなり難しい数学の問題が出るそうで、田舎の小学校でのんびりさせていたら難関は突破できない――と、この時ばかりは教育ママの顔になったY代さんが言う。

その息子さんが、どうやら精通をみたというので私は少し驚いた。汚れたパンツをこっそり自分で洗うようになったらしい。夢精したのだろう。それにしても小学校四年というのは早い。私も早いほうだったが小学校六年生の時だった。これも時代の流れだろうか、それとも知能以上に肉体の早熟な子供なのだろうか。

「それだと、ますますセックスのことは気をつけないといけませんね」と同情する。

会話をしながらフェラチオ奉仕も受け、私たちも元気を取り戻した。今度は庭に出ることにした。ちょうど手頃な松があるので、二人を向かい合う形に抱き縛りにして、鞭打ちで責

め、犯そうという趣向だ……〃

大江健次という男のスワッピング・プレイ報告は、この後もえんえんと続き、夜の白むまで二人の女の肉体を交換して責め嬲り、凌辱の限りを尽くす様子がねっちり書きこまれていた。驚いたことに、明け方、自宅に帰った大江夫妻は自分たちの寝室でまた情熱的に性交するのだ。

「ふーっ……」

読み終えた直希は、大きな吐息をついた。清瀬老人の蒐集したポルノのコレクションをいろいろ見せられて、たいていのことには驚かなくなっていた彼だが、この夫婦の大胆放恣《ほうし》な性行為には完全に圧倒されてしまった。

「すごいもんですねぇ。片方が法学者、もう一方が弁護士というインテリが、こういうことをやっているとは……」

「学歴など関係ない。いや、インテリこそ想像力で精力のひ弱さをカバーしようとするから、よけい過激な行動に走りがちだな。スワッピングというのも、熱心なのはやっぱりインテリ層らしいぞ。これは一度やりだしたらやめられないようだな」

清瀬老人が言った。直希は自分の感想を述べた。

「これを読むと、大江夫妻は事件にはまったく関係がないようですね」

「そうです。あの晩のことは大江健次の焼け残った日記に簡単に記されていますが、彼らは真夜中にはプレイを終えて帰宅しています。途中で夫人の生理出血が始まったので早めに切りあげたんですね。犯人はその後に侵入したんです。殺害時刻は午前二時ないし三時ですからね」

「大江夫妻との最初のプレイの痕跡が残っていたから、捜査が惑わされたんですね」

「そうなんです。八千代夫人には鞭などで責められた跡、肛門性交の痕跡などが残っていたから淫虐殺人と騒がれてしまった。実際は、ほとんどがその前のプレイの名残です。肛門に残っていた精液はO型で、これは大江健次の血液型と一致します。犯人は正孝を撲殺、八千代を切り裂いただけかもしれません」

「膣の方にはO型とB型でしたね。大江がO型だとすれば、犯人はB型ですか」

「それもはっきりと分かりません。何しろ小田桐正孝もB型でしたから」

「はあー」

捜査官が紙片を取り出した。

「これが、大江健次の日記からコピーしたものです。焼け死ぬ数日前のものです」

それには達筆だが乱れが感じられる筆跡で、こう書かれていた。

〃×月×日

昨夜も典子と遅くまで話しあった。最近は小田桐夫妻のことを話しあうばかりでセックスもろくにしていない。いや、する気になれない。完全なインポ状態だ。それほど小田桐夫妻が殺されたショックは大きく、なかなか消えない。

典子は「このことを黙っている限り、あなたのインポは治らない」と言う。そうかもしれない。私も警察に行ってすべてを打ち明ける気になってきた。そうでないと小田桐夫妻の霊も浮かばれまい。しかし、すべてを打ち明けるのは勇気がいることだ。このことが世間に知れたら、私もこの町で事務所をやってゆくことなど出来なくなるだろう。せっかく築きあげた信用が崩れることを考えるとどうしても弱気になってしまう……。〃

「はあー、かなり悩んでいますね」と直希が言うと、

「そうです。もう少し早く決断して出頭してくれれば、事件解決のメドはもっと早くついたに違いないんだが……」

うっかり捜査官が口を滑らせた「メドがついた」という言葉を、直希は聞き逃さなかった。

（警察は、もう真犯人の目星をつけているのだろうか？）

思いきって訊いてみた。

「ということは、これまで小田桐夫妻とスワッピングを行なった連中の中に犯人がいるということですか?」

「いや、そこまでは分かりませんが、その可能性は考えられます。こういうことは大っぴらにやることじゃありません。バレたら、大江健次が書いているとおり、社会的信用を喪失しかねません。脅迫とか恐喝が行なわれやすい。小田桐夫妻がそういうことをやったとは言いませんが、秘密を知られたことを恐れた人間が、二人を抹殺しようとした——というのは充分ありそうなことです。彼らのスワッピング関係の記録がすべて消えているのも、そう考えると分かります。狙いは最初からその記録だったのかもしれない」

「犯人の目的は彼らを殺して口を封じ、自分たちの記録を消滅させることだった——というわけですね」

「そうです。彼らの行動もよく知っていたのかもしれない。ふつうの日に襲撃するよりも、スワッピングに熱中している時のほうがやりやすい。油断してるでしょうから」

「じゃあ、『カップル・ライフ』の記録を調べて、小田桐夫妻と交際した連中を全部調べあげれば、犯人が分かるのじゃありませんか?」

「そう簡単にはゆかんのですよ」

若い刑事が苦笑して答えた。

「会員はそれぞれ名前も住所も秘密にして登録してるし、二年の間に姿を消した者も多い。それに、カップルが誰と文通し、誰と交際したか、いちいち主宰者のほうに届けるわけではありません。どの夫婦がどの夫婦と交際したのか掌握はしてないんです」

『カップル・ライフ』の会員は全国で二千組を数えるという。分かる限りのカップルをつきとめて事情聴取するだけでも莫大な手間と時間がかかる。

「被害者の手元にあった手紙や記録などが見つからない限り、警察はどうしようもないというわけですか」

「いや、そうでもないんですが……。ま、これ以上は捜査の秘密ということで勘弁して下さい。ここまでの話もくれぐれも内密にお願いしますよ」

その時、玄関のほうで女の声がした。

「おう、和子が来たか」

清瀬老人は人妻娼婦を今日も呼んだらしい。あいかわらず精力的である。あわてて出ていった。その隙に、直希は年かさの刑事に尋ねてみた。

「あの……、清瀬のお爺さんは、どういう人なんですか。あなたがたの様子を見ると、警察関係のかなり偉い人だったようですが」

「なんだ、知らなかったのですか」

刑事たちは呆れたという顔をした。

「清瀬さんは警視監までいった警視庁の幹部ですよ」

「警視監……。じゃ、警視総監の次に偉い人じゃないですか」

「そうです。軍隊の位で言えば将軍ですね。警視庁巡査から叩きあげて、刑事畑一本槍で出世した人でね、戦後の難事件をずいぶん解決された。引退されて長いのですが、われわれも時々お伺いしてアドバイスをしてもらってるわけです。特に西城町のこの事件に関してはお宅も近いことなので、事件発生直後から逐一報告して捜査に協力していただいているのです」

「はあー……。それは……」

直希は絶句してしまった。『桃色ドリーム』で若いホステスにペニスをしゃぶらせ、自分も彼女たちの股間を舐め啜っている姿を見ている彼には、ただちに信じられるものではない。

「元警視庁幹部にしては、ずいぶんさばけた人ですなあ」

「はは。あれで現役時代は謹厳実直を絵にかいたような人でしたがね、引退なさってからは『仕事でずいぶん自分を犠牲にしたから、これからは欲望の赴くままに生きるよ』とおっしゃって、家族とも離れてこんな田舎に一人住まいして悠々自適の生活を過ごされているわけです」

現役時代は部下だったらしい刑事も、まさか清瀬老人がピンクサロンに出入りし、素人の人妻娼婦を抱いているとは知らない様子だ。知ったら仰天するに違いない。老人もそれであわてて和子を隠しに行ったのだろう。

「申し遅れました。私、こういうものです。現場に近いところにお住まいだそうですし、被害者の息子とお嬢さんが同級だそうですから、何か耳にすることがおありかもしれません。その時はご一報下さい」

二人の刑事はそれぞれ名刺を出した。年長のほうは長沢といい、肩書は警視庁捜査一課の警部。若い刑事は西城署捜査係の福田という警部補だった。

「はあ、そんなことがあるかどうか分かりませんが……」

直希が名刺を受けとっていると、清瀬老人が戻ってきた。二人の捜査官は老人に丁重に挨拶して帰っていった。

「あの長沢という警部は警視庁から来ているんですね。ふつうなら西城町の事件は県警の縄張りじゃないんですか」と、直希は疑問をぶつけてみた。

「ああ。ふつうはそうだがね、この場合はちょっと特殊なんだ。小田桐というのは国際法の権威で外務省ともずいぶん関係が深かった。法律問題のからんだ外交交渉の文書もたくさん持っていたから、政府もあわてたんだ。それで警察庁の尻を叩いて警視庁から腕ききの刑事を送りこませて捜査に協力させたわけさ。拷問もされていたという報道だったから、スパイがからんでるんじゃないかと、当初は内閣調査室も乗り出したぐらいだ。県警も縄張りばかり主張して迷宮入りじゃメンツが立たんからな、警視庁が一枚噛んでくれていたほうが、自分たちの責任も軽くなると思って受け入れているのさ」

フンと鼻を鳴らした。自分の正体を直希が知ったことは察したに違いないが、だからといって態度を変えるわけではない。

「ますます驚きましたよ。そういった重要人物がスワッピングに耽っているとは……」

「驚くにはあたらんよ。臍《へそ》から下には人格はないというじゃないか。ワシもあんたも人のことは言えんぞ」

そう言われると直希も頭をかいて恐縮するしかない。

「おお、そうだ。今日はなぜか朝から春情鬱勃《うつぼつ》としてな、和子を呼んだのだ。いま風呂を浴びさせているところだ。どうだ、よかったら抱いてゆかんか」

「いえ、こんなに日が高いんじゃ、そんな気はおきませんよ。あっ、そうだ、今日はお願いがあって来たんです」

「なんだね？」

「あの、この前見せていただいたビデオで『ロリータお仕置き教科書』というのがありましたね。あれをもう一度見せていただけませんか」

「いいとも。ロリコン嫌いのくせに気にいったのかな。じゃ貸してあげよう」

「いや、家に持って帰ると娘がいるので、ここで拝見させて下さい」

「じゃ、見てゆきなさい。そうだ、あの続編というのが見つかってな、それもついでに見せてやろう。これもなかなかのもんだぞ。いっひっひ」

老人は二本のビデオテープを手渡すと、いそいそと奥の部屋へ姿を消した。彼がビデオデッキを操作していると、熟れた肉体をもつ人妻娼婦の嬌声が聞こえてきた。

(元警視監が、真っ昼間から娼婦を抱くとは……)

ますます呆れかえってしまう直希だ。

# 第十四章　教師相姦教科書

やがて画面にあの家庭教師が姿を現した。

確かに鮎川まり子とよく似ている。切れ長の目、鼻筋のスッと通ったやや古風な美貌はそっくりだ。しかし、年齢は今のまり子より三歳は若い。このビデオが三年前に撮られたとすれば当たり前なのだが、画像が不鮮明なせいで、いまひとつ決め手に欠ける。

(じゃ、こっちはどうだ)

続編だというビデオをかけてみた。タイトルは『女家庭教師相姦教科書』とある。

やはりアマチュアが家庭用ビデオカメラで写した映像を複製したらしく、映像が不鮮明なのは前のと変わらない。直希はがっかりした。

しかし、直希はいつの間にか再生される画面の中のドラマに没入し、時間を忘れた。

ヒロインの若い娘は、やはり今回も家庭教師である。

前回は女の子を教えていたが、今度の教え子は少年だ。どことなく小田桐雅史に似た印象の、利発そうな、なかなか顔だちのよい子である。肉体も健康そうだ。年齢的にも雅史とほぼ同じだろう。ということは十一、二歳ということになる。

筋だてもよく似ていた。家庭教師が少年の成績があがらないのを嘆くシーンから始まるのだ。成績が向上しない理由は、その次の勉強のシーンで明らかになる。少年は家庭教師の作ったテストを受けている。鮎川まり子とよく似た若い娘は机の向かい側で本を読んで問題を解き終わるのを待っている。和室に座り机という設定だから、少年が顔を上げると、横座りになった家庭教師のスカートが膝の上までたくし上げられて、腿と腿の間の隙間から白い下着が見えてしまう。

ハッとした表情の少年は、彼女に気づかれないようにチラチラと盗み見る。当然、テストなどそっちのけだ。少年が美貌とピチピチした若さが輝く家庭教師の肉体に惹きつけられて、それで悶々としているわけだ。

襖を隔てた隣の隙間から盗み撮りしているカメラは、もじもじと座り直したりしている少年の股間をアップにする。ショートパンツの前がふくらんでいる。明らかに勃起しているのだ。

カメラは少年の視線の行方——家庭教師のスカートの奥を狙う。むっちりとした太腿の合わさる場所を包む、白い清潔な下着。彼女が居心地を変えるために座り直すと、スカートはさらに膝の上をずりあがってゆき、少年の目には魅惑的な部分がさらにハッキリと見えてくる。少年の顔は上気している。もう目を離せない。この状況は、この前の父母面接の時、直希が鮎川まり子のスカートの奥を盗み見てしまったのとまったく同じだ。あの時まり子の穿いていたローズピンクの下着が秘部に食いこんでいる眺めが思い起こされて直希も欲望をムラムラと刺激された。

やがて家庭教師が少年の態度に気がつく。あわててスカートをひっぱり下ろし、叱責する。狼狽し、悄気《しょげ》かえる少年。怒った家庭教師は少年にお仕置きを宣告し、パンツを下げてお尻を出すように命令する。でないと下着を覗き見していたことを母親に告げると言われ、少年は畳の上に四つん這いになり、青いショートパンツと、その下の白いブリーフを脱ぎ下ろし、女の子のそれのようなみずみずしさを感じさせる臀部をまる出しにする。

少年の、先端まで包皮で覆われたロケット型のペニスは叱られたことで萎縮している。畳に這わせた少年のお尻を持ちあげるようにさせて、美しい家庭教師は平手でパンパンと勢いよく裸の臀部を打ち叩きはじめた。男の子だけあって泣きはしなかったが、苦痛に顔が歪む。それは年上の女性にお仕置きされるという屈辱のせいでもある。

（おやおや）

カメラの狙いが少年の下腹をアップにしてゆくと、直希は我が目を疑った。萎えていた少年の若い器官が、ムクムクと膨脹してゆくではないか。

（こんな年齢で、マゾヒズムが芽生えているのだろうか。それとも単なる条件反射なのか……？）

呆れて見ているうちに、勃起は下腹にくっつくばかりの勢いになった。その時、少年の白い尻は赤いリンゴのように染めあげられていた。

「あら」

家庭教師がようやく彼の欲望器官の目覚ましい変容に気づいた。その目が輝く。獲物を見つけた禽獣のように。

「ちっとも反省してないじゃないの」

彼女は少年にさらなる屈辱を与えようと決心したらしい。今度は読んでいた週刊誌を丸めて叩く。この方が打ち据えられた時の衝撃は強く、パンパンと威勢のいい音があがる度に少年の腿も膝もガクガクと震えるのだ。背は弓なりに反りかえり、あまりの苦痛に時々、片手で尻をかばおうとする。

「これだけのことを我慢できないの⁉」

家庭教師の頬が上気している。もっと力をこめようとして片膝を立てる姿勢になった。片手で少年の首根っ子を押さえつけるようにしながらスパンキングを続行した。少年が顔を横向きにすると、片膝立ちの姿勢ゆえ、またスカートの奥がまる見えになってしまう。瞠目《どうもく》する少年の表情。スカートの奥の下着が体の動きに伴って微妙によじれ、肉体に食いこんでゆく。

（この娘、濡れてきてる……）

思わず身を乗り出した直希だ。恥裂に食いこんだ股布に縦にシミが浮きだし、徐々に楕円形に広がってゆく。この若い家庭教師も、お仕置きすることで性的昂奮を味わっているのだ。

少年は年上の異性の濡れてゆくパンティの底を見つめながら、また激しく勃起した。

息をきらし、丸めた週刊誌を投げ捨てた家庭教師は、少年の若い器官がさらにたくましく膨脹してゆくのを見て目を丸くした。少年の顔が歪む。

（こりゃ痛かろう）

自分の子供の頃を思い出して直希は少年の苦痛を思いやった。ペニスが急激に膨張してゆくと、包皮が強く引っ張られた状態のままどうにもならなくなる。そのために激しい痛みを覚えるのだ。包皮を完全に翻展させるか、萎縮させてやるか、どちらかしかない。無理に翻展させると、今度は輪状になった包皮が亀頭の頸部に食いこんで血流をとめてしまう結果、激痛はさらに増す。

この家庭教師は、明らかにそういった少年期のペニスの構造を熟知していた。

「痛いの？　じゃ先生が治してあげる。じっとしてるのよ」

うって変わった優しい口調でいい、少年を仰臥させた。天井を向いてわななき戦《おのの》いている若い器官をとっさに手で隠そうとするのを押さえて、家庭教師の両手がそれを包みこむように摑んだ。

彼女は屹立の真上に顔をもっていった。まるでフェラチオをしようとする体勢だ。

ふくよかな唇を前に突き出し、彼女は唾液をペニスの先端に垂らした。巾着の口のように円形に開いている包皮の頂点に覗いている赤い亀頭粘膜の先端に、透明な唾液が糸をひいて滴り落ちた。片手で血管の浮きだした茎部を握りしめ、もう一方の手は指を揃えてすぼめるようにして突端からかぶせてゆく。そうやって掌の部分で垂らした唾液を亀頭が見えている部分に塗りこめるような動きを繰り返し、ゆっくり肉茎をしごきながらそうっと包皮を後退させてゆく。

唾液はさらに二度、補充された。

「あっ、あーっ、はあーっ」

苦痛が次第に快感に置きかわってゆくのが、少年の表情と吐き出す息の調子で分かる。腰がくねるようにして浮きあがってくる。

「ジッとしてるのよ……。ほら、だんだんラクになってきたでしょう？」

少年の陶酔してゆく表情を見る家庭教師の目は熱を帯びて潤んでいる。見ようによっては慈母のまなざしだ。

その時、直希はあることに気がついた。家庭教師の顔がアップになると、左目の下に大きなホクロが認められるのだ。

（鮎川先生には、こんなホクロはなかったぞ……。ということは別人だ）

別人だと識別できる明らかな特徴を見つけて、ようやく直希は安堵した。

唾液という潤滑剤を与えられた包皮が、ゆっくりと翻展してゆく。充血して赤くなった亀頭粘膜がどんどん全容を露わにしてゆく。まるでスローモーションフィルムで撮影しているような家庭教師の手の動きだ。

おそらく、そうやって緩慢にしごかれ、摩擦された結果、尿道口からも少年自身の潤滑剤——カウパー腺液が溢れてきたに違いない。亀頭は撮影用ライトの光りを浴びて一種宝石のようなきらめきを見せて赤く照り輝いた。初陣の若武者を見るような新鮮な感動を覚える光景だった。

とうとう包皮は完全に翻展した。内側に付着していた恥垢をハンカチで拭いとってやる家庭教師の顔は満足そうな微笑を浮かべた。

「ほーら、こうやってちゃんと先っちょを出してしまうと、痛くないでしょう？」

そう言いながら、下腹に頬を近づけたまま家庭教師は体の位置をずらしていった。ペニスを支点として自分の体をコンパスの足のように回転させる。最終的には少年の顔を跨ぐような、相互吸陰の体勢になってしまった。彼女はセミタイトのスカートをずっと上までたくし上げた。

「さあ、先生のここが見たかったんでしょう。じっくり見ていいわよ」

ビキニの白いパンティに覆われた豊満なヒップを露わにして、悩ましく盛りあがった恥丘を、少年の顔の真上から押しつけてゆく。彼の鼻は若い女のむせかえるような肌の匂いをふかぶかと嗅いだに違いない。白い布をぴったり密着させた下腹が少年の喘ぐような表情を覆い隠した。無意識に手を回して豊臀を抱えこむ少年。

「ふふ。たっぷり先生の匂いを嗅ぐといいわ」

微笑は、舞台の上のストリッパーが観客に投げかけるような挑発的なものに変わった。彼女の手はそそり立った少年の器官をゆるやかにしごきたて、もう一方の手は睾丸をくるみやわやわと揉みあげるようにする。直希はまるで自分がそうされているような錯覚に陥った。彼のペニスも激しく膨脹し、胡座をかいた股間はズボンを強い力で押しあげている。

「む……！　ぐ……っ！」

家庭教師の股に顔を押し潰されて、少年がくぐもった呻きとも叫びともつかぬ息を吐いた。

伸縮性に富んだ白いパンティの布地がうねうねという悩ましい動きを繰り返す。自分の秘部を少年の鼻と口に押しつけることによって、家庭教師もまた快感を味わっていることは確かだ。

「あ、ああっ！」

少年の剝き出しの下肢がうち震えた。垂直に屹立したペニスが躍動し、亀頭の先端から白い液体が真上に噴出した。直希が驚くほどの勢いで、ビュッ、ビュッ、ビュッと三度、精液が射出されて家庭教師のふっくらした頰を直撃した。

「…………！」

頰が汚れたのを気にかける様子もない。まだ精通をみて間もない少年のういういしい射精現象を見守る若い娘の表情は陶酔の色が濃い。

下腹から太腿を断続的に痙攣させ、ドクドクッと白い液を噴きあげた少年は、ついにぐったりとなった。それでも家庭教師の手は乳を搾るような動きを繰り返し、睾丸をくるんだ手も動きをやめなかった。とうとう最後の一滴まで搾りつくされた。

その時、襖が開き、少年の母親とおぼしき女性が入ってきた。『ロリータお仕置き教科書』で母親役をつとめたのと同じ年増美女だ。実際にこの少年やチエの母親なのかどうかは分からないが、そうであったとしてもおかしくない年頃である。

家庭教師が自分の息子に性的な悪戯を仕掛けた現場を見つけ、母親は逆上する。

泣いて許しを請う娘は衣服を剝ぎ取られ、紐で後ろ手に縛りあげられた。それを目を丸くして傍観する少年。母親は少年に、家庭教師のブラジャーとパンティを脱がせるように命令する。喜ばしげに年上の異性に近づき、見事に張りだした乳房を露出させてしまう少年。彼の手は白いパンティの腰ゴムを摑み、一気に引き下ろす。濃密に繁茂したハート型の恥毛が少年の驚異のまなざしに突き刺さる。

「さあ、ボクちゃんも一緒に、いけない先生をお仕置きするのよ」

母親に促され、全裸の家庭教師の背後に回り、素手で、次に丸めた雑誌で豊満なヒップをビシビシと打ち叩く少年。彼の下着をつけていない下腹で、萎えたばかりの肉茎が再びむっくりと力を漲《みなぎ》らせてゆく。

「あーっ、痛い。やめて！　許して！」

泣いて許しを願うまる裸の家庭教師。その頰に平手打ちをくわし、豊かな胸、なめらかな腹、艶やかな太腿もバンバンと素手で叩きのめす母親だ。みるみるうちに赤く染まってゆく娘のなめらかな肌。逃げようとしたが、後ろ手に縛られた紐の端を強く引かれて、畳の上に仰向けに倒れて、あられもなく両脚をばたつかせてしまう。秘裂が露呈され、そこが薄白い液で濡れて輝くのが分かる。

「ちょうどいい機会だわ。ボクちゃんに女の体を教えてあげる」

母親は後ろ向きに家庭教師の体に跨がり、グイと太腿をこじ開け、脚の間に屈みこんできた少年の目の前で秘裂を割り広げ、秘められた器官の構造をくわしく教える。指が粘膜を広げ、ズブリと突きたてられ、抉られたり掻きまわされたりする。少年は目を輝かせて、鼻を押しつけんばかりにして覗きこむ。とうとう家庭教師の膣に万年筆が押しこめられた。

「あーっ、やめて。うっ、うぐ……！」

あられもなく暴れる若い女の肉体が、ふいに抵抗をやめた。屈辱と羞恥のさなか、彼女は明らかに激しい快感を味わい、下腹をふいごのように上下させ、ヒップを淫らにくねらせはじめた。

「ほら、こうすると感じるのよ。分かったでしょう」

自分の息子にさらに刺激の仕方まで教えこむ母親。彼女の目も酔ったもののようだ。

少年はさっきまで自分の尻を叩き、性器をなぶっていた家庭教師の膣に、自分の指を二本、三本と埋めこんでゆく。やがて二人に責め抜かれた娘は、「ヒーッ！」と鳥の啼くような甲高い声をあげて絶頂し、汗みずくの全身を打ち震わせてからガックリと気を失ったようになった。

母親の手が少年の下腹に伸びた。雄々しく力を漲らせている息子のペニスを握りしめしごきたてる。

「あっ、ママ……」

「うふふ。ボクちゃんは本当にもう一人前なのね……。じゃ、ママがセックスを教えてあげるわ。さあ、来て……」

母と息子は襖を隔てた隣の部屋に行く。目を輝かせている息子の目の前でパンティまで脱ぎ去って全裸になった母親は、仰臥して股を開いた。シャツをむしりとるようにして自分も真っ裸になった息子が、年増美女のふくよかな裸身の上におおいかぶさってゆく。

母親の手が息子を導き、二つの肉体が結合した。

カメラは元の部屋に移動する。ようやく正気にかえった家庭教師の娘がノロノロと起き上がり、隣室から聞こえる悩ましい呻き声、喘ぎ声に耳をそばだて、信じられないという表情をした。

パンティも穿かず素っ裸のまま襖のところに行き、隙間から隣室で繰り広げられる母と息子の相姦シーンを覗き見する。この時、息子の若々しいペニスは年増美女の毒っぽい秘花の真っ芯にふかぶかと打ちこまれていた。

家庭教師の頬に、この世ならぬ美しいものを見るような、陶然とした微笑が浮かんだ。母と息子が我を忘れて交接する姿を眺めながら、彼女の手は自らの乳房、性器をまさぐりだす。

やがて少年は悲痛とも思える声で母を呼んだ。

「ママ、ママあっ！　うう……うっ！」

頬ずりしたくなるようなクリッととまるい尻が痙攣し、力いっぱい下腹を母親の恥骨に打ちつけるようにする少年。その背が弓なりに反りかえり、精液が子宮に向かって噴きあげられた。

「ボクちゃん、ボクちゃん……」

うわずった声を張りあげ、精液を勢いよく注ぎこんで打ち震える息子の体を抱き締める母親。

やがて少年は母親から離れると、その横にぐったりと仰向けに寝そべった。上下する下腹で濡れたペニスは柔らかく力を失ってゆく。

音もなく襖を開けて、窃視していた家庭教師の娘がすべりこんできた。

あられもなく両脚を広げて、まだ不満げにヒップをくねらせている母親。その脚の間にうずくまり、宗教的ともいえる恭しさをこめて、息子のペニスを引き抜かれたばかりの、白く泡立つ粘液を溢れさせている部分に接吻した。

「あう……！　う、ン……」

舌で刺激され、年増美女は再び激しく燃えた。年下の娘を逆向きの姿勢で自分の上に載せ、相互吸陰に導く。

少年は、びっくりしたような目で母親と家庭教師の淫らな戯れを眺める。彼のペニスは三たび力を漲らせた。

母親が家庭教師の下腹に顔を埋めながら、目で息子に合図をした。この体勢で若い女を犯せというのだ。重ね餅のように重なった二つの裸体の上から、少年の細く、しかし無限の力を秘めたようなしなやかな体がのしかかった。母親の手が濡れそぼった秘唇を広げ、握りしめた息子の熱い肉茎を標的へと導く。そうしながらも彼女の舌は年下の秘核を舐め続けているのだ。

「う……」

後背位で少年は家庭教師と繋がった。一瞬、のけぞって「ひっ」と短い叫び声をあげた娘。母親は自分の眼前で息子の新鮮な肉根がふかぶかと年下の女の膣へ打ちこまれるのを見ている。

少年の尻が激しく上下し、禁忌の性愛を描いたポルノビデオは、少年の射精と共に終わった——。

「うーん……」

母親と息子——それも十二か三という年齢の——の交接を入念に写し撮ったビデオ『女家

庭教師相姦教科書』を見終えて、直希は唸ってしまった。

たとえ母親役の女と、息子役の少年が実の母子でなくても、その迫力は何ら損なわれるものではなかった。十二ぐらいの少年がたて続けに三度も射精できるはずがなく、うまく編集してそういうように見せているのだろうが、だとしてもこまやかな肉体を持つういういしい少年の性的パワーに圧倒されてしまう。

（この前のビデオより、こっちのほうが傑作だな……）

感心していると、奥の部屋で和子を堪能した清瀬老人が戻ってきた。湯も浴びたらしくサッパリした表情だ。

「どうかね、なかなかのもんだろうが」

「ええ。すごいもんですねぇ」

「こいつには警視庁でも仰天して、どうやって流出したものか、そのルート探しに躍起になったらしい。結局、分からなかったがね」

警視庁の元幹部だからこそ、こういう禁制のポルノもたやすく入手できるのだろう。確かに「蛇の道はヘビ」と言うわけだ。

「実は、この前、ある女性に会いまして、その人がこの家庭教師そっくりなので驚きましてね、今日は写っているのがその人なのかどうか、確かめにきたんです」

鮎川まり子が家庭教師役の娘と、瓜二つではあるが本人ではないと確信した直希は、その安心感も手伝って、そのことを笑い話として清瀬老人に報告した。

「ほう。そんなにそっくりなのかね。じゃ、このビデオを見せたら驚くだろう。ほっほっほっ」

清瀬老人は愉快そうに笑った。

「冗談じゃありません。うちの娘の担任ですよ、こっちの品性が疑われてしまいます」

「でも、キミの話によれば、ユニークな発想をする女性のようだが」

「そうです。『子供は未完成ではありません。その一瞬、一瞬で完成された存在です』と、教育を否定するようなことを堂々と言ってしまうんですからね」

「そりゃ愉快だ。会ってみたいもんだ」

「ダメですよ。和子とは違います」

「おお、そうだ。和子のことを忘れてた。本当に抱いてやらなくていいのか」

直希は時計を見た。そろそろ帰って夕食の仕度をする時間だ。

「やっぱり、またの機会にします。娘が帰ってきて腹を減らしてると思いますので」

「そうか。じゃ、もう一度泣かせてやるか」

再び人妻娼婦の横たわる部屋へと戻ってゆく老人だった。

＊

家に帰りつくと、玄関にはまた女の子の靴がもう一足あった。二階から関口朋子の、よくとおる声が聞こえてくる。

（また、遊びに来てるな）

直希は、まるで盗人のように足音を忍ばせて、庭に回り藤棚の下に置いたデッキチェアのところに行った。この前と同じように、まどかと朋子の会話が頭の上から聞こえてくる。

（ま、これもまどかの本音を知るためだ）

盗み聞きする後ろめたさをごまかしながら、聞き耳を立てる。

「だからさあ、やっぱりおしっこと同じ穴から出るんだよ。精液って」

朋子が説明している。この前、精液と尿は同じ穴から出るのかどうか、さかんに不思議がっていたが、朋子は友人たちから情報を仕入れてきて、それをまどかに説明している。

「へえ、そうなのお。ふーん」

まどかは感心している。彼女も好奇心まんまんなのだ。

「だけど、精液とおしっこ、どうやって分けて出すんだろう？　セックスしてて間違っておしっこを出しちゃうこと、ないのかなあ」

「やだ、まどか。なんてこと考えるのよう。きったなーい！」

「だって、不思議だもの」

「それは分かんないよ。直接、男の子に訊いてみなきゃ」

「誰に訊けばいいのかな。そんな子、いないよ」

「京太に訊けばあ？　まどかは好きなんでしょ、あいつ」

「好き、ってことないよ。皆が嫌うほど嫌いじゃないってだけで」

朋子の声が、秘密めいて囁くようになった。

「あのさあ、京太もね、ほんとはまどかが好きみたいよ」

「うそ。そんなこと、どうして分かるのよ⁉」

まどかは驚いた声を出した。

「京太が好きなのはね、髪が長くてほっそりしてて、お姫さまみたいな上品な子なの。コウスケが京太の家に呼ばれたとき、あいつの部屋にすてきな女の人の写真が飾ってあって、『これ、誰？』って訊いたら殴られたんだって」

「ひどーい」

「あとで訊いたら、京太の実のお母さんの写真なんだって」

「えー、京太の家、お母さんがいなかったっけ」

「いるけど、あれは本当の母親じゃなくて、妾が居座ったんだってうちのお母さんは言ってたよ。なんでも京太を生んだお母さんは、あの父親と合わなくて別居してるんだって」

「離婚じゃなくて？」

「向こうは離婚したいって言って、京太も引き取りたいって言ってるけど、親父さんは京太は渡せないって言ってるの。跡継ぎ息子だものね。だから裁判だの何だのでずーっとゴタゴタしてるって話よ。京太はあんな性格だけど、本当は実のお母さんが恋しいんだよ。コウスケが言うには、その写真はまどかによく似てたって。感じがだけど」

「うそー」

「うそじゃないのでござりまする。……だけどさあ、京太がトイレに連れ込む子って、ケイコにしてもアヤにしても、みんな髪が長くてほっそりして、お嬢さまタイプじゃん。それからゆくと、まどかなんか一番最初に狙われて当然だと思うよ。私なんかチビでデブだから、絶対に狙われないけどさあ」

「それ、本当でござりまするかなあ」

まどかの声の調子に、嫌悪の響きはない。まんざらでもない気持ちなのかもしれない。

二人は、鼓笛隊の仲間の噂話などをしだした。やがて、まどかが朋子に尋ねた。

「ねぇ、パパの誕生日が来月なの。プレゼント、なにがいいかなあ。朋子のパパは先月だったよね。何をあげた？」

「えへへ。私はね、うーんと安あがり。まったくタダのプレゼント」

「何よ。肩たたき券とか腰もみ券？」

「違うちがう。絶対の秘密だから教えてやんない」

「教えてよ、誰にもいわないからさあ」

ひとしきり「教えて」「ダメ」というやりとりがあって、ようやく朋子が打ち明けた。本当は誰かにしゃべりたかったのだろう。

「あのね、お父さんと一緒にお風呂に入ってあげたの」

「えっ⁉　それだけ？」

「簡単に言わないでよ。これでも勇気をふるったんだから。だって、四年のときから一緒に入るのやめたんだから」

「そういえば、まどかも最近、パパと一緒にお風呂に入ったりしないもんね」

「でしょ？　どこのお父さんも娘と一緒にお風呂に入りたいんだよ。ウチのお父さんがお母さんにボヤいてたの聞いたから、『じゃ、それをプレゼントにしちゃえ』って思ったの。でも、けっこう恥ずかしかったな」

「お父さん、喜んでた？」

「もうメロメロ！　『うーん、おっぱいもお尻も出てきたなあ。いい嫁さんになるぞ』ってデレデレーってしてして。これが自分の娘を見る目か、ってもんよ」

「そりゃ朋子はグラマーだからいいよ。私なんか痩せてておっぱいもないし、パパ、あんまり喜ばないよ」

「そんなことない、って。まどかはここんとこ、ずっと女っぽくなったよ。鼓笛隊の制服が一番似合うのはまどかだもん」

「あれ、体の線はでちゃうし、すっごいミニだから、まどかは好きくない」

鼓笛隊の制服は今年になって替わった。去年まではミリタリールックだったのが、今年はラメ入りのレオタードにフリル的なミニスカートを組み合わせたもので、確かに腕も胸も露わだし、太腿もずっと上まで覗ける。運動会の時に、新しいユニフォーム姿で行進する娘の姿を見たが、娘が別人のようなエロティシズムの光を浴びて輝いて見え、直希は胸がドキドキしたものだ。

話題が変わったので、直希は再び玄関に回り、この前と同様、たった今帰ったようにみせかけた。

「あっ、パパ。明日の午後、お家にいる？」

二階から駆けおりてきた娘が、真剣な顔で訊く。

「ああ、いるよ。どうして？」

「うん。まり子先生が家庭訪問に来るの。都合を訊いてって言われたから」

ふいに直希の胸はときめいた。娘のレオタード姿を見たときのように。

# 第十五章　濃密な家庭訪問

鮎川まり子は、不思議でならない。

(京太は、なぜ雅史に対して遠慮しているのだろう?)

国語の授業のとき、教科書の『走れメロス』を読ませて、子供たちの感想を訊いた。

『走れメロス』は、太宰治の作品の中でも非常に分かりやすく書かれた短編だ。

人を信じられなくなった暴君、ディオニスを殺そうとしたメロスは、捕らわれて死刑を宣告される。メロスは王に懇願する。

「村に帰って妹を結婚させるので、三日間の日限を下さい。三日のうちに私はここへ帰ってきます」

信用しない王に、メロスは人質を差し出す。無二の親友、セリヌンティウスである。

三日目にメロスは城に戻ろうとするが、さまざまな妨害に出遭い、体力を使い果たしてしまう。一度は諦《あきら》めかけた彼だが、最後に気を取り戻し、ひたすら走って処刑寸前の友を救う。

感動した王はメロスを赦免する——という、人間の信頼と友情の貴さ、美しさをうたい上げた作品だ。

ほとんどの子供がメロスの行動を肯定し、彼を信じたセリヌンティウスを賛美した。京太などは一番感動していた。

「親友のためには命を捨ててもいいってのが男よ。男と男は、こうでなくっちゃ」

彼は父親の影響で、義理だの仁義だのという言葉が大好きなのだ。そんな彼に冷水をかけるような言葉を吐いたのが、雅史だ。

「京太は命を捨ててもいい、っていうけど、そんなに簡単に人間を信じていいのか、って疑問に思うな。セリヌンティウスは単純すぎるよ」

京太は明らかにムッとした表情で、雅史に向いて反論した。

「そんなこと言うけどよお、この世の中で誰も信じられなかったら、この話の悪い王さまみたいになっちゃうじゃねえか。雅史は誰も信じないで生きてゆこうってのか。友だちもいらない、っていうのか」

雅史のほうは口もとに微笑を浮かべて、ひどく冷静だ。

「そうじゃないよ。でも、メロスは勝手すぎると思わない？　計画もなしに王様を殺しに行くんだもの。バカだから捕まったわけでしょう？　それを棚に上げて『三日だけ生かしてくれ』だなんて、そりゃないと思うよ。だったら、まず妹を結婚させて、それから王様を殺しに行けばよかった。自分がカッとなって愚かな行動をとったんだから、その責任は自分でとらなきゃ。セリヌンティウスに人質になってくれって言うほうが、よっぽど友情に反することだと思う」

「そう言われれば、メロスは自分勝手ね。私がセリヌンティウスだったら迷惑よ」

「雅史くんの言うとおりよ。セリヌンティウスもお人好しすぎるし」

雅史の親衛隊とも言うべき女の子たちが口々に彼に同調した。

「…………？」

京太は返す言葉につまった。これは明らかに議論のすり替えである。しかし、京太はそれっきり沈黙してしまったのだ。今度はまり子が雅史に尋ねた。

「じゃ、雅史くんは、メロスとセリヌンティウスのような友情を信じないの？　あり得ないって言うわけ？」

「違います。あってもいいと思うけど、人間の内側は自分でも分からない部分があるでしょう？　まして他人の心の中なんか覗けないから、本当にどこまで信用していいのか、分かるわけがないと思う。そんなに簡単に信じあえるものなら、裏切りとか人殺しとか戦争とか、起きるはずがないでしょう？」

「信じられるか信じられないか、ひと目で分かるって。男と男なら言葉なんか必要ねえんだ。パッと目を見りゃ分かるんだよお」

京太がいまいましげに捨てぜりふを吐いたが、雅史は知らんぷりだ。クラスの大勢は雅史の現実論に感心している。京太の理想論は仲間うちの支持しか得られなかった。

論争はそれで終わった。ふつうなら京太は、やりこめられて黙っている子ではない。何らかの形で仕返しをするのだが、その後もそういう様子がない。臆《おく》することなく京太を言葉でやりこめる雅史に人気が集まるわけだ。

（ひょっとしたら京太は、雅史に何か弱みを握られているんじゃないかしら？）

そんな気がした。まり子は家庭訪問の時に、そのことを尋ねてみることにした。

吉松京太の家は商店街の中のけっこう大きなビルだ。一階が父親の経営する建設会社で、二階、三階が貸事務所、四階が住居だ。階段を上ってくる途中、貸事務所の表札を見ると暴力団の事務所とサラリーマン金融の事務所だった。

京太の父、吉松源三は、ずんぐりとした体形、猪首、脂ぎった赤ら顔、禿げあがった額――どこから見てもヤクザ向きの闘士型人間だった。息子はよくこの父親の特徴を受け継いでいる。ただ、父親のほうは、修羅場を乗りこえてきた男がもつ沈着さと観察に徹した鋭い目をそなえている。開口一番、ぶっきらぼうな言葉を吐いた。

「前の先生みたいに、おれに説教しようというんじゃないだろうな。あの鳴海って先生はここに入ってくるなり、『周囲の環境が悪い、息子さんをもっと環境のいいところに引っ越させなさい』って怒鳴りやがった。俺もずいぶんに頭に来たもんだぜ」

「私、そんなことは言いません」

まり子は微笑んだ。

「京太クンは乱暴なところもありますけど、困難を自分で乗りきってゆく行動力をもってます。私、あの子の逞しさが好きですよ」

「おいおい。あんた、本当に先生かよ？　あの子を認めてくれた先生は、この六年間であんたが初めてだぜ」

源三は呆れたような声を出してシゲシゲとまり子を見つめた。

「京太の野郎、『今度の先生は話が分かる』って言ってたが、本当だな」

「そんなこと言ってました？」

「ああ、言ってたよ。もっとも『おっぱいはでけえし、いいケツもしてる』とも言ってたけどな。確かにあんた、なかなかいい女だ。学校の先生じゃもったいない」

「まあ」

服を透すような視線で見つめられてまり子は赤くなった。源三は相当な好色漢だ。

「女の子に対する悪戯を少し控えてくれると、言うことはないですが」

「おれだって叱ってるんだよ。女にだらしないところは、親に似てしまったらしい。おれも中学生でツッコミをやらかし、鑑別所まで送られたから、息子のことはあまり言えん」

「何ですか、ツッコミって？」

「強姦だよ、強姦。生意気な女の先生がいてな、頭に来たから一発くらわしてやったのさ」

「あらまあ」

まり子が目を丸くして驚いている様子を見て、源三はニタニタ笑う。彼も京太と同様、ずいぶん早熟で粗暴な少年だったに違いない。

「心配するなって。ヤクザから足を洗って以来、おれは人さまに後ろ指さされることはしてないよ。ただ、昔の付き合いで出入りする連中が、おれが暴れてた時代のことを京太に吹きこむんで、あいつめ、ヤクザに憧れてるのよ。困ったもんだよ」

「困ったもんだ」と言いながら、息子のことを自慢している。源三も親バカなのだ。話が終わりに近づいた頃、まり子は気になっていたことを尋ねてみた。

「お父さんは京太くんに『新町の子には手を出すな』と言われました？　特に、小田桐雅史という子はソッとしておけと注意なさいましたか？」

「小田桐って、例の殺された夫婦の子か？　いや、そんなことはひと言も言ってないぜ。なんのことだ？」

　源三は不思議そうな顔をした。

「いえ、それならいいんです。あの、京太くん、今、お家にいます？」

「いや、どっかに出てったけどな。おおかた、向かいの映画館じゃないか。あいつ、ヤクザ映画が好きでなあ、ワシにもう一度ヤクザになれってうるさいんだ。困ったもんだ」

　源三は短く刈った坊主頭をツルリと撫でて、うははと笑った。その左手の小指が切断されて無い。

　吉松家を出ると、まり子はその映画館に入っていった。

　平日の夕刻で観客は少ない。京太の姿はすぐに目についた。スクリーンの真下に陣どって、ポテトチップを齧《かじ》りながら食い入るようにヤクザの血なまぐさい抗争に見入っている。映画は間もなく終わり、明るくなった。まり子は粗暴な教え子の隣の席に座った。

「あれえ、先生⁉　何だよお、ヤクザ映画なんか見にきて」

　京太は、突然現れた担任の女教師を見て、目を丸くした。

「映画を見に来たんじゃないの。京太くんに会いに来たのよ。いまお父さんに会ってきて、ここにいるんじゃないか、って言われたから……。ちょっと話がしたいの」

「何の話だよ」と警戒する目つきだ。

「雅史くんのこと。京太くんは彼に対してやけに低姿勢ね。ふつうの子ならやっつけちゃうのに、彼にはそんなことしない。なぜ？」

「なぜって……。親父に言われたからね、新町の子には手を出すな、親がうるさいからって……」

歯切れの悪い口調だ。

「ウソ。お父さんに確かめたのよ。なぜ先生にまでウソをつくの？」

「う、うるせえな。いいじゃないか。雅史をいじめると皆がうるさいからだよ。あいつ、人気者だから」

「それもウソね。京太くんはそんなこと気にするタイプじゃないもの。それに、五年の時は最初のうち、けっこういじめたりからかったりしてたんでしょ？」

追いつめられた京太はムキになってまり子を睨みつけた。

「ちょ、ちょっと待てよ。先生は何かい、おれに雅史をいじめろって言ってるのか？」

「まさか。誰もいじめてほしくないわ。どうして雅史くんだけが特別扱いなのか、それを知りたいのよ」

「関係ねえだろ、あんたにゃ」

京太は怒った顔になってソッポを向いた。まり子は単刀直入に切りだしてみた。

「きみ、弱みを握られてるね、雅史くんに」

体格のよい少年はギョッとして椅子から跳び上がった。

「だ、だれがそんなことを言ったんだよ！」

まり子はニッコリ笑ってみせた。

「ズバリ的中ね。先生、ヤマをかけたんだけど……。そんなことだと思ったわ」

「くそっ」

真っ赤になった京太は立ち上がって出てゆこうとした。まり子の手が彼の腕を掴んだ。

「ねぇ、先生に本当のことを教えてくれない？　きみも人には言いにくい事情があるだろうと思うから、交換条件でゆこうよ」

「交換条件？　何だよ、それ？」

京太は再び座席に腰を下ろした。まり子は声を低めて、京太の耳に囁いた。

「きみが秘密を教えてくれたら、そうね……、先生の裸を見せてあげる、ってのはどう？　プール授業の時なんか、先生の水着を穴の開くくらい見てたでしょ？」

京太は愚鈍な子ではない。しばらく疑い深そうな目で彼女を見つめていたが、ニヤッと笑った。父親似の好色な笑い。

「そうか。おれの秘密をバラせば、おれが先生の裸を見た、ってバラせるわけだな？」

「そうよ。それだったらキミも安心でしょ？　メロスとセリヌンティウスみたいに信じあうよ」

「だけどさあ、裸って、どこまでだよ」

「おっぱい」

「うーん、おっぱいだけじゃなあ。もう少し色をつけてほしいね」

さすがに、建設業で財をなした父親の資質を継いでいる。

「それはね、きみがどこまで話してくれるかにもよるんだけどなあ。……よし、先生、パンティ一枚になるわ。それでギリギリ」

「おっぱい、触らせるか？」

美しい女教師の悩ましく盛りあがった胸の部分を憑《つ》かれたように見つめて、早熟な少年は熱っぽい口調で訊いた。彼のズボンの前がふくらみかけている。

「きみもしぶといね。じゃ、先生はパンティ一枚で、おっぱいを触らせてあげる。きみは雅史くんに握られた弱みというのをすっかり教える。いい？」

「ああ、いいよ。でも、どこで？」

「先生、車で来てるから、どっか人のいない所で」

「へえ、カーセックスの気分だね」

京太は精いっぱい大人びた口調で言い、肩をそびやかした。二人は映画館を出た。

すぐ近くに駐めてあった赤いアルトを見て、京太は奇妙な顔をした。

「このクルマ、見たことあるぜ。鳴海先生のと同じじゃねえか」

「そうよ、辞めた鳴海先生から買ったんだもの。実はね、先生、鳴海先生と会って、いろいろ話をしたの」

「へぇ、途中で頭がおかしくなって逃げだしたと思ったけど、夢見山に居るのかい？　おれのこと、ずいぶん怨んでたろう？」

「鳴海先生はあることでショックを受けたのよ。きみのせいかもしれないけど」

強姦魔に情報を教えている者が教室の中にいるかもしれない――と、鳴海淑恵は考えていた。それは京太かもしれない。京太の父は少年時代、女教師を強姦して少年鑑別所に送りこまれた。父の生き方に影響されている京太が、同じようなことを考えても不思議はない。まり子はずんぐりとした京太の体つきを眺めて、

（ひょっとしたら、京太自身が強姦魔かもしれない）

ふと、そんな考えが脳裏をよぎった。

小学校六年――というと、まだまだ子供だと軽視しがちだが、京太のように早熟な子供が、強姦したり性的な暴力をふるう例は、近年、急激に増加している。都市部の小学生男子のう

ち、二パーセントから三パーセントはすでに性交を経験しているという統計もある。

まり子はプール授業の時、水泳パンツ姿の京太を見たとき、彼の雄大なふくらみを見て目を疑ったものだ。彼なら鳴海淑恵をレイプするのも不可能ではないだろう。

助手席に教え子を乗せ、まり子は車を走らせた。京太はもう淑恵の消息など興味がない様子だ。

(この子が強姦魔なら、もっと興味を示すはずだわ)

まり子はそう思った。わざと無関係を装っているのかもしれないが。

「はあー、夢見山公園かい」

カンのいい京太は、すぐに行き先を当てた。前の担任はそこの公衆便所で二回目の凌辱を受けたのだが。

頂上の駐車場に乗り入れた。濃さを増す夕闇の中に、数台の車が散らばっている。カップルばかりだ。ここは夜になるとカーセックスの名所として知られている。まり子は他の車と離れた区画に駐めた。

「さあて、きみの話を聞かせてもらおうかな」

サイドブレーキを充分に引き、シートベルトを外すと、まり子は京太と向かい合った。

「その前に、おっぱいを拝ませてくれよ」

「いいわ。だけど約束は守るのよ」

「おう、おれも男だって」

まり子は白いブラウスの前ボタンを外した。胸をはだけると、レースをたっぷり使った白いブラジャーに包まれた豊かなふくらみが二つ。

「京太くん、外して」

十一歳の教え子の手をとると、胸の谷間へと誘う。フロントホックなのだ。コロンの香りといりまじった成熟した女の肌の匂いが強く立ちのぼり、少年の敏感な鼻腔を擽った。フロントホックを外す京太の指が震えた。

「恋人同士みたいだな、おれたち」

照れ臭さを隠すように京太は強がってみせ、ブラのカップを左右に押しのけた。支えを失っても少しも垂れる気配のない、マシュマロの柔らかさと良質なゴムの弾力をあわせもった肉の球体がプルンと弾んで薄闇の中に眩しく輝くようだ。

「うわ、すげえ……」

手を伸ばしてくるのを素早く押さえて、まり子は軽く睨んだ。

「こらこら。触るのはしゃべってからよ」

まり子の乳首は薔薇の色だ。それがやや上向きにツンと尖っているのを見て、京太はゴクりと唾を呑みこんだ。

「弱みってほどのことでもないけどさ、おれを脅かしてるやつがいるのは確かなんだ。たぶん雅史だけどな」

「たぶん？　ハッキリ分からないの？」

「まあ、雅史に違いないと思うけど、証拠はないんだ」

京太は奇妙な脅迫事件のことを打ち明けだした。

——両親を殺されてから夢見山小学校に転校してきた小田桐雅史は、五年生のクラスで一緒になった京太から、ことあるごとにからかわれた。青白い顔をして、いかにもガリ勉少年という印象の雅史は、京太の一番嫌いなタイプだったからだ。

ところがある日、京太宛に一通の封書が送られてきた。差出人の名前はなかったが消印を見ると夢見山で投函されたものだった。

中にはポラロイドで撮影された写真と、パソコンで書かれた一枚の紙が入っていた。


京太へ。

おまえは弱いものいじめばかりしているひきょうなやつだ。

これからは絶対に新町の子供たちをいじめるな。特に、次の五人をいじめたら、いっしょに入れた写真をバラまくぞ。きみのお父さんにも見せてやる。分かったな。

　子供を守る正義の味方より。


　文章の最後に、五人の級友の名前が書いてあった。その中の一人が雅史だった。

「ゲッ！」

　同封されていたポラロイド写真を見て、京太は跳びあがった。

　妹にペニスを舐めさせている光景が写っていたからだ。

　四年生で精通を経験していた京太は、性的な欲望が猛烈に強まってきた時期だった。まだ幼稚園に通っていた幼い妹——父親が同棲している愛人に生ませた異母妹——を見ても欲情してしまい、彼女を部屋に連れ込み、ペニスを触らせたり舐めさせたりするようになった。

「新しい遊びだから」とか「お菓子を買ってやるから」とか言ってだまし、自分の欲望を排出していたのだ。

　父親の源三は、その妹を目に入れても痛くないほどのかわいがりようで、京太が彼女をおもちゃにしたと知ったら、激怒し、気絶するほど殴りとばされる。それでなくとも、下半身をまる出しにして白目を剥いてのけぞっている自分の姿は、いかにも滑稽だ。そんな写真がバラまかれた日には、仲間に合わせる顔もない。

彼は、その日から心ならずも脅迫状の命令に従った。雅史たち新町の子をいじめるのを抑制するようになった——。

「なあ、ここまで言ったんだ。触ってもいいだろう」

「いいわ」

京太は、飢えた者がまるでたわわに実った美味な果実をもぎとろうとでもするかのように、まり子の白桃を思わせるふくよかな隆起に摑みかかった。ぐっと握りしめてゴムまりのような弾力を確かめ、

「うわ。すげえ、ボインボインしてる」

それまでは肩肘はって大人ぶっていた少年が、嬉しそうな声を張りあげ、目を細めて、成熟した女の乳房の感触に酔う。その瞬間、乳呑み子の表情になったような気がした。

彼が、実の母親とは幼い時に別離して、その後は父親が同棲した何人かの女性に育てられたということは、鳴海淑恵に教えられていた。

（そうだとすると、この子は母親の愛情に飢えて、それで、私のおっぱいに夢中になるのかもしれない……）

まり子は鷲摑みにされた乳房をぐりぐり揉みしだかれながら、そう思った。

「ね、京太くん。聞いて……」

「何だよ」

「その写真は、どうやって撮影されたの？　あなただって誰かに見られないようにやっていたわけでしょう？」

「当たり前だよ。おれんちの裏にある材料倉庫の中でやってたんだ。写したやつは倉庫の天井に上って、真上から写したんだな。後で考えてみると、おれが毎日そこに妹を連れてゆくので、待ち伏せしてたんじゃないかと思う。でなきゃ撮れる写真じゃないもんな」

「で、中に書かれていた五人のうちで、雅史くんが犯人だと思う理由は？」

「だってあいつ、おれんちの周りをウロウロしてたんだぜ、その頃。塾が近くにあったんで通り道だったんだ。それに、クラスでポラロイドカメラを持ってるって自慢してたし。ほかに新町の子の名前を挙げたのは、直接自分がやったと思わせたくなかったからじゃないかな。それに、つい雅史をからかいすぎたあと、またパソコンの手紙が来たんだ。『写真のことを忘れたか』って……。ほかの子の場合にはそんな手紙は来なかったから、とにかく雅史か、雅史に関係したやつだってことは確かなんだ」

（鳴海淑恵も、レイプされた後、ポラロイド写真で脅迫された。パソコンの脅迫状で）

ふいにまり子は昂奮した。ずっと年下の少年に乳房を揉まれて乳首がコリコリと固く勃起している。全身に甘く痺れるような快感がさざ波となって広がってゆく。

「じゃあ、下のほうも見せてくれよ……」

京太の声は喉を患っているかのようにかすれている。

「いいわよ」

まり子はリクライニング・シートの背もたれを倒した。京太もそれにならう。二人は横向きに見合いながら寝そべる形になった。年上の女はタイトスカートを脱ぎ下ろした。

熟れた女の、豊かに張りだした腰から下は、肌色のパンストに包まれ、その下はターキッシュ・ブルーのパンティだ。

「お、ケバいパンツ、穿いてるなあ」

京太は、知的な美しさを湛えている女教師が、レースをふんだんに使ったハイレグカットの下着をつけているのに視覚的ショックを受けたようだ。

「先生って、お化粧や洋服でおしゃれすると、すぐにお母さんたちから叱られてしまうでしょう？　だから下着ぐらいしかおしゃれする余地がないのよ。きみもすてきなパンティだと思う？」

熟れた水蜜桃の皮を剝くように、ツルリと薄いナイロンの皮膜を剝きおろし、力強く筋肉も張りつめているような、腿から下の大理石のようになめらかな肌も露わにしながら、京太の担任教師は言った。

「うーん、たまんねぇな。毛が透けて見える」

早熟な小学生は、女体の最も魅力的な部分――悩ましい盛りあがりを見せる恥丘を覆っている薄布を、それこそ穴が開くほどに凝視しながらうわずった声を張りあげた。

素材は木綿だが、シルキー加工をほどこして肌ざわりはまるで絹のようだ。薄い上に陰阜の部分にはめこみレースを用いているので、濃密な繁茂が網目ごしに透けて、少年に驚嘆の声を上げさせたのだ。

「まずかったなあ、京太くんに見られると分かってたら、こんな透けるの穿いてくるんじゃなかった」

冗談めかした口調で受けこたえしながらも、まり子の声も昂奮で震えを帯びている。

「先生、上のほうの足をあげてくれよ」

「こう？」

寝そべったまま股を開いた猥褻《わいせつ》なポーズだ。ブラウスの前をはだけて乳房を露わにし、下半身を覆うのはきわどいデザインのパンティ一枚だ。しかも、少年の欲望をさらに煽るようにヒップを淫らにくねらせ、股を開いて下腹を突き出すようにする。女体からさらに濃密な体臭が立ちのぼった。

「先生、お願いだからこっちも触らせてくれよう……」

成熟した女の魅力に圧倒された京太が、呻くような声をはなって懇願した。

「いいわ。だけどパンティの上からだけよ。おっぱいは吸ってもいいわ」

「ほんとかよ……」

目の色が変わった。ぼってり充血した赤みの強い勃起した乳首に、まるで赤子にかえったような京太が唇を突き出してむしゃぶりついた。まり子は自分から腕をまわして京太の体を抱き、胸の隆起に顔を埋めた少年の坊主頭を押さえた。

「うっ……」

強く噛まれて、ビクンと若い女教師の体が震えた。ビビビと電気のように快感の波が走り抜ける。

京太のごつい手が伸びてきてすべすべとしたパンティに包まれた下腹に触ってきた。

まり子は腿をぴったりと合わせた。悩ましい丘を下って侵入しようとした指は、そこで阻止されてしまう。そこから先は早くもじっとり湿り気を帯びたゾーンだ。

「何だよう」と不満気な声。

「それ以上はダメ。でも、先生も触ってあげるから」

まり子の手が京太のズボンに伸び、ファスナーを引き下ろし、前をあける。ブリーフがこんもりとした丘を隆起させていた。布の上から触れると、ズキズキ脈動する熱い怒張が感じられた。

「きみが六年生だなんて……。信じられないわ」

女教師はそう感嘆し、下着の上からふくらみを握りしめるようにした。

「キンタマをつぶすんじゃないだろうな」

プールでのことを思い出して、少年の体がこわばる。

「バカね。今日は気持ちよくしてあげる。女の子たちをトイレに連れ込んでやらせてるんでしょう？」

「先生、手でやってくれるのかい……!?」

ますます目を丸くする京太。

「だって、出さないとおさまりがつかないんじゃない？　こんなになって……」

まり子はブリーフを引き下ろして彼の欲望器官を摑みだした。

「まあ、一人前ね。生意気に」

まり子の表情は一転して妖気さえ帯びた凄艶なものになった。目は熱を帯びて潤み、京太は幽霊を見たかのように震えた。薄闇の中で独特の匂いを放って怒張している肉茎にちかぢかと顔を寄せ、

「ちゃんと剝けてんのね。もう、こんなに濡れて……。毎日、オナニーしてるんでしょ？

どれぐらいやってるの？」

「一日、最低二回は出すぜ。あ……」

京太の声は震えている。自分の股に教え子の指を挟みつけ、乳房を吸わせながらまり子は右手を動かした。

「あ、あう。む……」

親指大にも膨張したのではないかと思われるダーク・レッドの乳首にむしゃぶりつき、噛むようにし、その間にももう一方の手で掴んでも余るほどの柔肉の球体を揉みしだきながら、京太は腰を揺する。濡れた粘膜が摩擦されるニチャニチャという音がたった。

「う、むっ……」

意外とあっけなく、少年は弾けた。ビュビュッと白濁の液を噴きあげ、まり子の手指と臍のあたりを汚した。

「はうっ」

やわやわと揉みしごかれ、最後の一滴まで放出させられた少年の体が脱力した。しばらく余情に震えているような若い器官を、独身の美人教師はハンカチで丁寧に拭い清めてやった。

「うーん、すげえ。先生、うまいよ。やっぱり……」

「うふっ。ばかね、クラスの女の子たちと比較しないでよ」

まり子は京太を軽く睨むようにした。頰は紅潮し、うっすら汗ばんでいる。少年はずっと年上の女性を見上げ、教壇に立っている時とは全然違う顔を見て驚いた。

――京太を家まで送り届けたまり子は、別れぎわに言った。

「ねぇ、頼みがあるんだけど」

「何だよ」

「先生、前、鳴海先生がいたのと同じ部屋を借りたの。ほら、夢見山の下の、蓮田《はすだ》っていうとこ。このことをクラスのみんなの耳に入れてくれない」

「なんで先生が自分で言わないんだよ」

「それが、ちょっとしたわけがあるのよ」

「うーん、こういう仲になったんだから、ムゲに断るわけにもいかねえな」

父親ゆずりの口調で言うので、思わずまり子は噴き出しそうになった。

「そのかわり、こっちも頼みがあるんだ。先生の穿いてた、その、えーと……パンツをよう、もらえないかな」

やっぱり顔を赤くしている。

「うーん、困ったな」

パンティは股布の部分が愛液で濡れている。

「まっ、いいか。汚れてるから恥ずかしいんだけど」

思いきってスカートの下に手を突っこんだ。パンストは脱いだままだったから、ツルリと足先から抜きとってしまう。丸めて教え子の鼻先に突き出す。

「ほら、あげるわ。そのかわり、アパートの件はお願いね。私が鳴海先生と会ってるってことも、それとなく知らせていいわ」

「まかせとけって」

嬉しそうな顔をして、担任の女教師が穿いていたパンティをポケットに突っ込んだ。

＊

アパートに帰ると、まり子はシャワーを浴びた。素肌にタオルを巻きつけた恰好で電話をかける。ちょうど鳴海淑恵が出版社から帰宅した時間だ。すぐに出た。

「引っ越しはすんだの？」

「そう。先輩の借りてたお部屋からかけてるの」

「気をつけてね。囮《おとり》になろうなんて、よく考えたら正気とは思えないわ」

その作戦は、この前、淑恵の部屋に泊まった時にまり子が考えついたものだ。強姦魔が学校の関係者で、しかも淑恵の身近の人間なら、次はまり子を狙うのではないだろうか。それなら罠をはっておびき出そうというわけだ。

「大丈夫。充分に注意するから。それで、さっきヒョッと思ったことだけど、あの強姦魔自身がクラスの子だったとは考えられないかしら？」

「え？」

電話線の向こうでしばらく沈黙があった。やがて、答えが返ってきた。

「まだ小学生よ……。そうね、肉体的なことなら、可能なのは京太ぐらいだけど」

「京太は違う。それは確かよ」

彼のペニスは大人のそれと変わらない。それに筋肉質の体だ。女性的だったという強姦魔と特徴が一致しない。

「じゃ、ほかにいるかしら？　考えつかないわ。でも、そう言われれば六年生ぐらいの体つきだったかもしれないわね……」

「それだったらペニスが小さめ、実際の性体験が少ないようだった——という点でも一致するでしょ？」

「そうね。声がわりしていなければ、沈黙を守らなきゃいけなかったろうし……。だとしたらショックだわ、よけいに……」

教師が教え子に強姦されるというのは、中学・高校では珍しくない。しかし、小学校ではまだ聞いたことがない。淑恵がまり子の仮説に衝撃を受けるのも無理はなかった。

しかし、精通がどんどん早くなって、六年生で自慰を実行する男子は半数近くに達しているのが現状だ。いずれ、そういう事件が珍しくなくなる日がくるかもしれない。

「まり子は心あたりがあるの？　何か手がかりが摑めたの？」

「まだ、手がかりというほどでは……。ただ、そういう見方もできるなと思って」

「できるけど、私は信じたくないわ。あんな残酷なことができる子供がいるとは……」

「子供は大人の鏡よ。残酷な大人がいれば、必ず残酷な子供も生まれるわ」

淑恵と話し終えると、まり子は化粧鏡の前のスツールに腰をおろした。

体に巻いたバスタオルをとき、自分のヌードを鏡に映してみる。股を開き、秘裂を露出する。舞台の上のストリッパーのように腰をくねらせた。指で触ると、洗い清めた柔らかな谷間は、内側から溢れる液体でたちまち沼と化した。京太にやみくもに体をまさぐられた余波がまだ残って、中途半端に燃えあがった欲情はなかなか消えずに燻っている。

ツイと立ち上がるとガラリと窓を開けた。闇の中に聳え立つ夢見山は巨大怪獣のようにも見える。明かりをつけたまま、まり子は一糸纏わぬ豊艶な肉体をベッドに横たえ、両足を思いきり広げた姿勢で自分の羞恥ゾーンを辱めだした——。

# 第十六章　女教師の性経験

鮎川まり子が家庭訪問にやってきた。

直希は一日、落ち着かなかった。彼女がポルノビデオに出演していた家庭教師と同一人物ではないことが分かってホッとしたこともあって、魅力的な若い女教師とさし向かいになって話を交わすのだと思うと、何やら胸がときめく。初恋の中学生のようだ。

早めに夕食をすますと、まどかは近所の関口朋子の家に遊びに出かけた。家庭訪問のときに子供は同席しない。そのほうが親と教師が突っこんだ話しあいができるからだ。それを知ってるから、まどかも「パパとまり子先生を二人きりにしてあげるね」と、意味ありげな笑いを残して出かけていった。終わったら直希が迎えにゆくことになっている。

まり子は赤い軽自動車に乗ってやってきた。今日は軽やかな白いワンピースドレスを纏って、髪はヘアバンドで束ねている。女子学生のようなみずみずしさだ。額を出しているのでよけい、ポルノビデオの家庭教師の印象が強い。

（これで目の下に泣きボクロがあったら、完全に同一人だな……）

キビキビした足どりで門を入ってきた彼女を出迎えて、直希は改めて感心したものだ。

家庭訪問の目的は、子供たちがどんな家庭環境で育っているか、その実態を把握するためである。保護者の側にとっても、教師と一対一で話しあえる貴重な機会だ。

居間の応接テーブルに向かい合って座ると、まず女教師のほうから質問してきた。

「立ちいったことを聞くようですが、離婚なさった時、下のお子さんはお母さんが引き取られましたね。お父さんと一緒に暮らすことは、まどかちゃんの希望だったのですか？」

「そうです。最初は、二人とも母親が引き取って新しい父親と暮らすことになっていたのですがね……」

離婚の原因は妻の春江の側にあった。子供に手がかからなくなると、彼女は学生時代に身につけた英会話能力をいかして通訳として働きに出かけるようになった。直希も賛成してのことだ。

知らぬうちに、日本駐在のアメリカ人商社マンと関係ができていた。彼は離婚経験があり、日本で独身生活を送っていた。直希は会ったことがないが、エリート大学を出て広尾の超高級マンションを社宅としてあてがわれていた。電機メーカーのプログラマーとしてもらっていた直希の給料とは比較にならないほどの高給とりだった。

春江のほうから離婚を言いだしてきた。世間的にみれば妻の不倫による離婚というわけだ。しかし直希は妻を責める気になれなかった。彼女は社交性に富んだ才気あふれる女性で、自分のようにおもしろみのない夫と暮らしていたことのほうが不思議に思えたからだ。協議離婚が成立した。半年後、春江はその相手と正式に結婚した。

チャーリーという名の新しい夫は子供好きで、まどかも弟も引き取ることに賛成した。春江も直希がコブつきでないほうが再婚相手を見つけやすいからと、まどかを説得した様子がある。数年後には新しい夫はアメリカの本社に戻ることになっていて、そうなると春江と一緒に子供たちもアメリカに行く。幼い弟のほうはスンナリ新しい家庭になじんだようだ。まどかはどうだったのか、直希にはよく分からない。

母親が再婚してから半年後、まどかはどうしても父親と暮らしたいと言い張り、春江もとうとう折れた。

「どうしてなのか、分からないのよ。チャーリーも、まどかのことは目に入れても痛くないぐらいかわいがっているのに……」

春江は自分の娘が改めて直希を選んだことに困惑していた。まどかは母親にもハッキリした理由を言わないという。

結局、四年から五年にあがるタイミングで、改めてまどかの親権を直希のほうに移し、夢見山での父娘二人の生活が始まった。

「そうですか、まどかちゃんの意思で……。やっぱりね」

まり子は深く頷いて、原稿用紙の束を取り出した。

「作文の時間、まどかちゃんが書いたものです。お読みになって下さい」

『私とお父さん』という題名だった。


うちのお父さんは、二年前にサラリーマンをやめて、家でお仕事をするようになりました。私とお父さんが夢見山に来てからのことです。

それまではお母さん、弟と四人の暮らしでしたから、お父さんは私がさびしい思いをしないよう、一生けんめい気をつかってくれたようです（最近は安心したのか、そうでもないのですが）。

お父さんは、まどかが何を聞いても真剣に答えてくれます。それに、いろいろなことを知っています。機械にはとても強く、家で何がこわれても安心です……。


直希は照れ臭くなった。まり子は微笑しながら彼を見ている。読み進んでいくうち、直希は赤くなった。

「おやおや、こいつは……」

　思わず頭をかいてしまった。


　今のお父さんに、別に不満はありません。ただ、昔のようにきつくしかったりしてくれないのが少しさびしいと思います。前は、私が言うことをきかないと、下着をぬがしてお尻をパンパンぶたれたものです。ぶたれた時はいつも私が悪かったのです。痛くて泣きました。そのあと、お父さんは優しく抱きしめてくれました。夢見山で暮らすようになってから、そういうことはありません。大人あつかいしてくれてるのはうれしいのですがちょっとさびしい気持ちがします……。


「まどかちゃんは、お父さんとのスキンシップを望んでいるんですよ」

　娘の作文を読み終えた父親に、担任の女教師が指摘した。

「だけど、自分が父親の負担になっているんじゃないか、って意識がすごくあるみたいですね。ほら、最初にお母さんが、子供がいないほうがお父さんは再婚相手を見つけやすい――というようなことを吹き込んだから」

「私がまどかのことを邪魔に思うなんて、まったくないんですがね。あの子がいてくれることで離婚の後の虚脱感からずいぶん救われました」

「だけど、コミュニケーションがうまくとれていなければ、まどかちゃんは自分が邪魔ものではないのかと思います。この作文の行間からは、お父さんの傍にいていいものか悪いものか、迷っているあの子の気持ちがくみとれます」

「はあ……。では、どうしたらいいんでしょう?」

「たとえば、まどかちゃんを抱き締めるとか、文字どおり肌と肌を合わせるようなスキンシップがありますか?」

「そう言われると、確かにそういうのはありませんね」

「してあげたらいいのに」

「いや、そうおっしゃいますがね、男親ひとりだと、どうもギクシャクして……。たとえばその、ヘンなふうに思われたりしないかと……」

魅力的な女教師は、分かったというふうに頷いた。

「つまり、まどかちゃんに女性を意識してしまうのでしょう?」

「そうです。体つきも変わってきましたからね、昔のように無邪気な子供扱いしていいものやら……。女の子のことは分かりませんしね。生理の問題とかも……」

「遠慮せずにどんどん聞けばいいんです。今や学校では、子供がオナニーの仕方を聞いてくるんですよ。性教育も、おしべにめしべの話ではおさまりません。ペニスと膣の構造まで具体的に教えないと納得しないんです」

「はあ、そんなものですか」

「子供同士でも、ずいぶん進んでいますよ。調査してみると、小学生同士のセックスもずいぶん増えてます。お父さんが娘さんに遠慮していても、現実のほうは遠慮しませんからね。いま妊娠中絶のピークは中学二年生ですが、それが一年生、小学校六年生まで下がってゆくのは避けられないと思います。親のほうでも、それなりの対処をしないと」

「うーん……、そういうお話を聞くと、ますます自信を喪失します」

まどかの担任教師は励ますような笑顔を向けた。

「努力してみて下さい。まどかちゃんのためにもね。私、自分もあんなふうに夢見がちなタイプだったから、まどかちゃんのことが人ごとに思えないんです」

話しこんでいるうちに一時間が過ぎて、まり子が辞去しようとした時は、秋の日はとっぷり暮れていた。

自分の離婚の経緯まで話したことで、前よりずっと気安くなったせいで、つい直希は口をすべらせてしまった。

「先生は双子のきょうだいじゃありませんか？」

「はあ？　違いますけど？　どうしてですか？」

「いいえ、そっくりな人を見ましてね。といってもビデオの中ですが。その人は目の下に泣きボクロがあるんですが、それ以外は先生そっくりなんです」

「えっ、ビデオ……？　どんなビデオですの？」

玄関先でハイヒールを履こうとしていたまり子が、ギクッと体をこわばらせ、首をねじって直希を見つめた。彼は後悔した。

（いかん、よけいなことを言ってしまった）

「いやいや、何でもないんです。ちょっとした、あの、ポルノをね、見せてくれた人がいて……」

しどろもどろになる。まり子の顔はこわいぐらいに真剣だ。

「ポルノ？　どんな内容でした？」

「困ったな、先生にお話しするようなことじゃない」

「教えて下さい」

ガラリと人が変わったようにしがみついてくる。直希は圧倒されてしまった。

「いいえ、ばかばかしいんです。少女とか少年を相手に家庭教師がお仕置きしたりセックスをしたりする内容なんですが……」

まり子の顔が蒼白になった。一瞬、グラリと体が揺れた。直希はあわてて彼女の体を抱きかかえた。でなければ倒れてしまうところだった。

「大丈夫ですか、先生？　貧血ですか？」

いい匂いのする、温かくて柔らかい体をそうっと離す。ヘナヘナと力が抜けたように独身の女教師は床にへたりこんだ。訴えるような目で教え子の父親を見上げる。

「鹿沼さん……。私の顔をよく見て。目の下を」

直希は顔を近づけた。よほど注意しないと分からないが、うっすらと傷跡が残っている。

「これは……⁉」

直希は息を吞んだ。

「そうです。ホクロを取った跡です。もしかしたらガンになるかもしれないと言われて、去年、手術したんです」

「じゃ……」

力なくうなだれた女教師は、両手で顔を覆った。

「そうです。そのビデオに写ってるのは私です。女子大生のとき、だまされて出演させられて……。その時は、自分たちの楽しみのためだけに撮影するから絶対心配ない、って言われて……」

*

直希はショックを受けて足もとがふらつくまり子を抱き起こし、肩を抱くようにして居間に連れもどした。若い娘の髪と肌の甘ったるい匂いはひどく刺激的だ。

まり子は両手で顔を覆ったまま、しばらく嗚咽《おえつ》していた。さっきまでの自信たっぷりの女教師はどこかに消えてしまい、今、目の前にいるのは見捨てられた子猫のように頼りなげな娘だ。直希は新しいコーヒーにブランデーを少量たらし、まり子に呑ませた。

「うっかりヘンなことを言って、動転させてしまったみたいだけど、よかったら説明してもらえませんか。信用してもらえればの話だけど」

「そりゃ、もう……。まどかちゃんのお父さんですもの。でも、こんなこと、とうてい人に話せることじゃないわ……」

ひとしきりグスングスンと啜りあげていた女教師は、直希にポツポツと事情を打ち明けだした。

――鮎川まり子は、どういうものか、成熟した異性よりも、子供に対して性欲を覚える。人には言えないそういう嗜癖は、少女期の性体験が原因になっている。

彼女が十一歳――いまのまどかと同じ年齢のとき、両親がそろって重い病気で入院した。

ひとり娘のまり子は伯母の家に預けられた。

その家には、まり子とはいとこの関係にある子供が二人いた。十二歳の兄と、十歳の妹だ。可憐な美少女だったまり子は、彼らに誘われて、目くるめくような性の快楽を味わったのだ。兄はかなり早熟な体質で、その頃は毎日射精の欲求で悶えていた。妹は性的な好奇心が強く、兄が自慰をしているところを覗き見て、その原理を知りたがった。兄は妹の手で自分のペニスを刺激させ、射精するまでの一部始終を見せてやった。

それから毎日、二人は両親の目の届かないところで性的な遊戯に耽った。妹は兄の手でクリトリスを愛撫されているうち、オルガスムスを体験した。やがて相互吸舐、肛門への異物挿入など、大人でさえ知らない性の深淵を手さぐりで探検していた兄妹にとって、まり子は絶好の生贄だった。

ひと夏の間、兄妹の性の探検に協力させられたまり子は、最後に兄に犯されて処女を失った。兄の肉茎を咥えさせられ、妹の秘唇を舐めることにも抵抗がなくなった。肛門への異物挿入も、軽い緊縛も、放尿しながらの自己愛撫を見られることも、無邪気な遊戯の一つとして充分に堪能するようになった。

中学・高校時代はきわめて真面目な生徒だったが、さまざまな妄想に浸りながら自己愛撫に耽る癖は治らなかった。成長するにつれて、まり子は教師――それも、あの兄妹と同じ年代の子供たちを教える小学校教諭——をめざすようになった。

教員養成大学に入学して上京したまり子は大学の寮に入った。女子の学生寮は階級社会である。上級生は下級生に君臨し、下級生は上級生に奴隷のように奉仕させられた。レズビアン的な雰囲気も濃厚で、それを忌避して出てゆく学生もいれば、好んで居続ける学生もいた。まり子は卒業まで寮にいて、その間、乱交レズを含むあらゆる形のレズビアン・ラブを体験した。

アマチュアの撮影するポルノビデオに出ないかと誘われたのは、三年生の夏のことである。思春期前の少年や少女に性的な誘惑を覚える独特の嗜癖を知っていたレズビアン仲間の女子学生が誘ったのだ。

「変わった夫婦がいるの。自分の子供たちにお仕置きして楽しんでいるのよ。その様子をビデオに撮影しているんだけど、助手を探してるの。できれば、こういう趣味を理解できる女性がいいんだけど、あなた、やってみない？」

聞いてみると、子供というのは十二歳の兄、十歳の妹だという。奇《く》しくもまり子が目くるめく快楽を教えられたいとこの兄妹と同じ年齢だった。しかも、提示された報酬はかなり高額だった。

最初、夫婦の家で彼らのお仕置きプレイを見せつけられたまり子は、激しく昂奮した。夫も妻も三十代半ばのインテリ夫婦だったが、妻はレズの性戯も好んだ。

彼らの子供は、幼い時から日常的にお仕置きを受けていた。まり子は夫婦がかわるがわる、時には共同して兄妹をお仕置きする姿をビデオで撮影させられた。

やがて、夫婦はまり子にもお仕置きに参加するよう誘った。いたいけな少年、少女を裸にして苦痛と羞恥を与えることに、まり子も言いしれない喜びを覚えた。それは、少女時代に体験した悦楽の再現でもあった。

夫婦は、子供たちにさまざまに性的な刑罰を与え、彼らが泣き悶える姿を見ては昂奮して、その後で情熱的な性交を行なった。つまり、お仕置きが性交の前戯になっていたのだ。お仕置きプレイに参加したまり子は、ごく自然に夫婦の寝室に誘われ、三Ｐ――男一人と女二人がからみ合う淫らな性戯――を体験させられた。もっとも、まり子は成人した女性、少女とのレズ、少年との性交には昂奮させられるが、成人男性との性交では、あまり快感を味わうことができなかった。

やがて夫婦は、自分たちの行為の記録を、ある程度ストーリー性をもたせたビデオ映像に纏めることにして、まり子の協力を求めた。まり子は、母親と息子が性交するシーンを夫が撮りたがっていることを知り、その背徳性に驚いた。最初は躊躇したが、結局、提示された報酬の金額と、「同好の士が集まる鑑賞会では発表するが、その後は私蔵するので絶対に迷惑をかけない」という言葉を信用して、自分も家庭教師の役を演ずることを受け入れた。もちろん十二歳の少年と交わり、十歳の少女を愛撫するという誘惑も大きかった。実際、その時はまり子も充分に家庭教師役を楽しんだのだ。

一年後、夫婦はまり子の前から姿を消した。彼らの経営する学習塾が多額の負債を抱えて倒産したのだ。たとえ素人が撮影した家庭内ポルノグラフィでも、自分の裸像のみならず、少年や少女と愛撫しあう姿を写されて、まり子はやはり後悔していた。教師をめざす身には、そのような前歴は致命傷となるからだ。

しかし、今の今まで、「このビデオは外に出さない」と言う夫婦の言葉をまり子は信用していた。ところが、こともあろうに教え子の父親がそのビデオを見たという。まり子が失神しかけたほどの衝撃を受けたのも当然だ。

——娘の担任教師の口から、その清楚な外見からは信じられない奔放な性的体験に彩られた過去を告白されて、直希はただ茫然とするばかりだった。

「そのビデオは裏ビデオとして全国に流されたのでしょう？　だとしたら、鹿沼さん以外の、学校関係の人の目に触れる機会もあるわけですね。ああ、もしそんなことがあったらどうしよう……。破滅だわ」

まり子はまた泣きじゃくった。

「ぼくにそのビデオのことを教えてくれた老人は、特殊なルートから出回ったものだと言ってましたよ。だから、大量に販売されてはいないんじゃないかなあ。だってお仕置きプレイを好む人って、あまり多くないでしょうからね……。画像も不鮮明だし、まさか先生の昔の姿だとは思わないんじゃないですか？　もし何かあっても、ホクロがないんだから他人の空似でとおせますよ。第一、撮影した人が行方不明なんだから……」

直希に慰められて、ようやくまり子も落ち着きを取り戻した。

「すみません、とんだ恥をさらしてしまって……。鹿沼さんも驚いたでしょう？　とても教師をやる資格なんかありませんわね……」

弱々しい微笑を浮かべて言った。

「いいえ、そんなことはないですよ。子供を愛してたからこそでしょう？　子供に関心がない教師や、逆に憎む教師も多いんですから、それにくらべたらずっとましですよ」

「じゃ、このことは誰にも言わないでおいてくれます？」

「当たり前でしょう？　何年も前のことだし、もう時効ですよ。ぼくにとっては、あなたはまどかの大好きな担任の先生です。秘密は守ります」

「そう言っていただくと嬉しいです。このお礼はきっとさせていただきます……あ、いけない、こんな時間になっちゃって……。お騒がせして申しわけありませんでした。もう失礼しなくちゃ。まどかちゃんを迎えに行かれるんでしょう？」

気力を取り戻した独身女教師は、赤いアルトを運転して帰っていった。

（驚いたなあ。おれは唯一、彼女のとんでもない秘密を知った男になってしまった……）

まったく偶然に女教師の秘密を知ってしまった直希は、これからまり子とどんな関係を保ったものか、しばらく考えこんでしまった。

# 第十七章　侵犯される菊襞

まり子は油断していた。

鳴海淑恵のアパートを借りたことは、京太の口からクラス全員に知れわたっている。淑恵の赤いアルトを譲ってもらい、乗り回していることも。淑恵を犯し、脅迫した強姦魔を、次の餌に食いつかせるためだ。

襲われた場合に備えて、上京した時に上野の専門店で痴漢撃退用の催涙スプレーを買ってきた。

これをまともに顔に噴きつけられると激しい目の痛みを覚え、涙が溢れる。吸い込むと鼻の粘膜を刺激されて猛烈なくしゃみの発作を起こす。数分間は攻撃者を無力にすることができるという代物だ。

これだけでは心もとないような気がしないでもないが、まり子は学生時代に合気道の道場に通って護身術の基本を身につけている。油断さえしなければ、攻撃をはねのけ、犯人の正体を明らかにする自信はあった。

しかし、強姦魔がこんなに素早く攻撃してくるとは思わなかった。さらに悪いことに、鹿沼直希から自分の出演したポルノビデオが市中に出回っていると知らされ、気持ちが動転してしまった。そのため強姦魔に対する警戒心が薄れていた。

襲われたのは、直希の家から帰ってきて、自分のアパートのドアを開けた瞬間だった。彼女の部屋は、二階に四室並んだうちの一番奥である。廊下の突きあたりに大きな段ボールが置かれていて、それは彼女が家を出る時にはなかったものだったが、住人の誰かが不要になったものを一時的に出しておくことがあり、まり子もその時は何の不審も抱かなかった。

ドアを開けて室内に入ったとたん、段ボールの中から黒い影が飛び出してきた。

ふりかえる暇もなく、後ろから抱きつかれ、鼻と口に布を押しつけられた。

「あっ。むー……！」

叫ぼうとしたが、その声は布で押しこめられた。やけに甘ったるい異臭を口と鼻から吸い込んでしまう。

（エーテルだ！）

理科の授業で蛙の解剖に使うときに用いるので、この古典的な麻酔薬の匂いは教師にはなじみのものだ。吸入により急速に全身を麻痺させる効果はバカにできない。

息を詰めた時には充分な量を吸っていた。落ちてゆくエレベーターの中にいるような、スウッという落下感覚と共に全身の力が抜けた——。

＊

カシャッ、ジーッ。カシャッ、ジーッ。

青白い閃光が閉じた瞼を透して網膜まで入りこむ。機械的な歯車の音が何度も何度も耳の傍で聞こえる。

フッと意識が戻ってきた。船酔いした後のような胸のむかつき。頭を持ちあげようとすると、本当に船に乗っているのではないかと思った。床がグラグラ揺れ、ますます気分が悪くなる。やがて、自分が裸にされ、床に転がされているのだということが分かった。

目隠しをされていて何も見えない。口には布きれ——たぶん穿いていた自分のパンティを押しこまれていて、声も出せない。後ろ手に拘束されている。手首に金属が食いこむ感触。手錠をはめられているのだ。

(真っ裸にされて、写真を撮られている……！)

閃光はカメラのフラッシュで、機械的な音はポラロイドカメラがフィルムを自動的に装塡する音だった。

（完全に、淑恵先輩の二の舞いじゃないの……）

まり子は胸の中で失敗の苦い味を嚙み締めた。

直希との話で気が動転していなかったら、廊下の突きあたりに置かれていた大きな段ボールのことを不審に思って、警戒したはずだ。いずれにしても自分の不注意である。

エーテルを嗅がされたのも計算外だった。背後から首を締められた場合、意識を失うまでしばらく時間がかかる。その間に護身術で対応できる自信はあったのだが、まさか麻酔薬で意識を失わせる作戦に出るとは思わなかった。

（手も足も出ない……）

襲撃者は麻酔をかけられたまり子のぐったりした体を、キッチンのビニタイルの上に転がしてパンティまでむしりとって全裸にし、後ろ手錠をはめ、黒い帯状の布で目隠しをほどこし、丸めたパンティを口の中に押しこんで即席の猿ぐつわにしてしまった。

さらに紐を使って両方の足首をテーブルの二本の脚にゆわえつけた。その結果、仰臥している彼女の下肢は思いきり割り広げられて、秘裂はまったく無防備にパックリと開口させられている。そんなあられもない恰好を、強姦魔は念入りにポラロイドカメラに収めている。

やがて、シャッターの音がやんだ。フィルムを使いきったようだ。いきなり横腹を蹴りとばされ息が詰まった。

「ぐっ!」

苦痛に悶える姿を見て、まり子が麻酔から醒めたと判断したに違いない。エーテルはクロロホルムより醒めやすい。

「ふふ」

低い、くぐもった含み笑い。淑恵が聞いたのと同じ、捕らえた鼠をいたぶる猫の笑い。まり子は全身の震えを自制できなかった。

ゴムの手袋をはめた手が触れてきた。乳房を握りしめてきた。荒々しく鷲摑みにして押し潰す。息が詰まりそうな苦痛。嫌悪感に鳥肌が立つ。

「ぐ、ぐふぐふ……」

自由を奪われた裸身が床の上で悶え狂う。悶え狂いながらもまり子は、

(案外、小さな手だ。体格は小柄だ。私と同じぐらい……)

そう判断していた。ゴムの手袋をはめているのは、指紋を残さない配慮と同時に、手の大きさを正確に判断させないためのものかもしれない。

右手が下腹へと伸びてきた。内腿を閉じようとしても、足首をそれぞれテーブルの脚に縛りつけられている。まったく無防備の羞恥ゾーンをニチャニチャ濡れた音をたてながらゴムに被覆された指が遠慮なしにいたぶり、嬲りにきた。

「ぐ、んぐ、ぐは、ふふぐふぐ」

鼻だけでしか息をできない女体が、喘ぎ悶えながら全身からねっとり脂汗を噴き出した。健康な男なら脳がクラクラと痺れそうな甘酸っぱい芳香が濃密な恥毛に覆われた一帯から立ちのぼる。

(おや、濡れてるじゃないか。どうしたんだよ？　強姦魔に襲われて、どうしてこんなに濡れるんだよ？)

まり子の耳には、敏感な肉芽をいじり回しつつ、膣口の周辺にも攻撃の穂先を伸ばしてきた強姦魔の囁きが聞こえるようだ。

実際、意思とは無関係に、彼女の性愛器官は蜜を分泌しはじめている。侵略者は溢れる蜜液を指ですくって肛門の菊襞になすりつけ、その中心につと指を突きたててきた。

(ダメ、ダメッ、そこは……)

ズブリと侵略され、激痛が走った。ぐぐッと直腸まで突き抜けた指が、すでに膣口から入りこんだもう一本の指と、強靭《きょうじん》で柔軟な筋肉の層一枚を隔てて互いに擦りあわされる。

信じがたい快美な感覚がまり子の全身を走った。

(あ、たまんない……ッ！)

交互に、時には協調して、強靭なゴムのような膣と直腸の隔壁を抉ったり掻きまわすようにされると、すさまじい快感が沸き起こり、子宮から全身へと駆け抜けるのだ。体中の各所にセットされた爆薬が導火線で爆発されるように、一糸纏わぬまり子の体はビクンビクンと躍りあがり、海老のように反りかえり、蛇のようにくねり、のたうった。

（や、やめて、やめてぇっ、死んじゃうっ！）

脳が真っ白になるようなオルガスムスの爆発。噴火が終わっても指の動きは止まらない。一度落下したジェットコースターが再び高みに持ちあげられるように、まり子の感覚もぐんぐんと高められ、また一気に落下させられる。

（気が、気が狂っちゃう……！）

明らかに強姦魔は、まり子の肉体が性感に富んでいて、たとえ忌避すべき相手でも性器を玩弄されれば激しく昂奮することに気がついている。徹底的にその弱みをついてきたのだ。

（悪魔……！）

まり子は何度目かの絶頂に追いやられ、ふうっと気が遠くなった。

ぐったりした汗まみれの体に強姦魔がのしかかってきた。

素っ裸で拘束され、秘部を好きなように弄りまわされたあげく、釣れたての鮎のようにピチピチした裸身をのけぞらして絶頂に追いやられたまり子のあられもない姿に、激しく昂奮させられた強姦魔だ。

あてずっぽうに怒張しきったペニスをあてがい、貫こうとした。濡れた粘膜の谷間を滑って狙いが逸れること二度、三度、ようやく四度目に亀頭が膣口に埋めこまれた。

「ぬ」

腰を叩きつけてくる。子宮の入り口まで完全に侵犯された。が、充満感が薄い。

(やっぱり小さい……)

まり子はそう思った。抽送の行為も単調で、明らかに性体験は未熟だ。やみくもに突きたてて、アッという間に限界点を越えた。

「う、うむ、むっ……!」

強姦魔の下腹が緊張し、太腿が痙攣するのが感じられた。子宮口に熱い液を浴びせられる感覚。

(えっ、もう……!?)

まり子も呆れるほど早い射精だ。胸と腹の上でわなわなとうち震える肉体。肌はすべすべして柔らかい。ペニスの硬度は充分だったが、肉体の印象は確かに女性的だ。

その時、脇腹のところに触れるものがあった。皮の感触。いつも持ち歩いていたショルダーバッグだ。後ろから体当たりされた時、床の上にほうり投げだされたものだ。

(この中に催涙スプレーが……)

真っ暗闇の中に、ひとすじの光明を見つけたような気がした。

「う、はあっ……」

射精をすませた肉体からガックリと力が抜けた。どんな男でも射精の直後は感覚が麻痺し、判断力が鈍り、反射神経も鈍る。快い疲労感が全身を支配し、時には強い眠気を覚える。強姦魔も荒い息を吐きつつペニスを引き抜くと、床にゴロリと転がった。

（今なら気づかれない……）

まり子のほうは、レイプそのものでは陶酔を味わっていない。冷静さは残っていた。そうっと上半身をひねり、背後に回された不自由な手の指をいっぱいに伸ばしてバッグを引き寄せる。ドアの鍵を取り出した直後に襲われたので、フラップは開いたままで、指でさぐると催涙スプレーの缶が触れた。

（やった……！）

かたわらでハアハアいってる強姦魔の気配をうかがいながら、細心の注意を払って催涙スプレーを摑んだ。大きさは香水瓶程度なので掌の中に握ってしまうと目立たない。いざという時まで隠しおおせるはずだ。

ただ、後ろ手に拘束された状態で、どうやって催涙ガスを強姦魔の顔に直撃させられるだろうか。体をひねるにしても限界がある。ましてやまり子は目隠しをされているのだ。

（顔の位置が分かればいいんだけど）

やがて強姦魔が起き上がった。流しのところに行き、蛇口をひねって直接に水を呑んでいる。さすがに昂奮して、喉が渇いたのだろう。

しばらくしてから、また青白い閃光が感じられた。

カシャッ、ジーッ。

まり子の膣口からは、強姦魔が注ぎこんだ精液がトロトロ溢れ出てきている。そこを狙い写している。紐か縄で開脚を強制されているから、防ぎようがない。無念の思いを噛み締めるまり子を嘲笑するように、思うままの角度から辱められた秘部粘膜を撮影してゆく強姦魔。

（これから、どうする気かしら……？）

まり子は淑恵の告白を思い出してみた。確か、一度凌辱した後、再び欲望を高めるために皮ベルトで臀部を鞭打ったはずだ。

臀部を鞭打つためには、仰臥させた女体をひっくり返してうつ伏せにしなければならない。その時に一度、足を縛っている縄を解く必要がある。

（やるんなら、その時しかない）

まり子は、強姦魔が自分の尻をベルトで責め叩きたくなるよう、わざとヒップをくねらせてみせた。案の定、ズボンからベルトを引き抜く音がしたと思うと、ヒュッ。

空気を引き裂く音がして、したたかに即席の鞭がまり子の下腹を襲った。

ビシ！

激しい衝撃に息が詰まった。目から火花が飛ぶような激痛が駆け抜ける。

「ぐーっ！」

白い裸身がのけぞり悶えた。

バシッ！　ビシッ！

容赦ない鞭の嵐が乳房、腹、腿を襲う。

「むーっ、ぐーっ、あぐーっ！」

口の中に押しこめられたパンティを食いちぎりそうなほど噛み締めながら、まり子は激痛に耐えた。

「ふふ」

また含み笑い。悶え泣く女体を見て、強姦魔はまた昂りだしたに違いない。

さんざんに前面を打ちのめして、哀れな生贄がぐったりと伸びてしまうと、足首に触れてきた。縛めが解かれる。

（うつ伏せにして、尻を叩く気だわ）

腿の外側に荒い鼻息がかかった。それでおおよその姿勢が分かった。強姦魔は彼女の左側の足元にしゃがみこんでいる。まり子はタイミングをはかった。

(今だ！)

左足が自由になったとたん、まり子の脚がバネのように跳ねた。まったくのカンで狙った蹴りが、もろに股間に命中した。

「ギャッ！」

強姦魔は絞め殺される豚のような悲鳴をあげた。その瞬間、まり子は体をひねり、彼の顔に向けて催涙スプレーの噴射ボタンを押した。

プシューッ！

刺激性の霧がまともに強姦魔の顔を直撃した。

「ぎえーっ！」

甲高い悲鳴をあげた強姦魔は、はげしく咽《むせ》び、咳きこみ、くしゃみを連発した。目は無数の針で刺されたような痛みに、完全に視力を失ったようだ。

「げーっ。くそっ、げほほ！」

しきりにわめきたてている。明らかに少年の声だ。その声に聞き覚えがあった。

とにかく足が自由にならないと逃げることができない。まだテーブルの脚にくりつけられている右脚を力いっぱいに持ちあげると、テーブルはすごい音をたててひっくり返った。彼女の足もそれに従って上へと引っ張りあげられたが、そうすることによって、足首に巻きつけてある縄ごとスポッと引き抜くことができた。

「げほげほ、はっくしょん！　げほっ！　ぐっしゃん！」

視力を失った強姦魔は咳とくしゃみを連発しながら方向感覚を失い、キッチンの中であちこちにぶつかっている。まり子も咳きこみながら、なんとか外に逃げようとした。目かくしされたまま、出口だと思われるほうに逃げると、ドンと強姦魔とぶつかってしまった。ムンズと首を摑まれる。

「グゲ！」

殺意をこめた両手が首を締めてきた。突然の逆襲に、あれだけ冷静だった強姦魔は完全に逆上している。後ろ手に拘束されているのだから勝ち目はない。それでもまり子は必死に反撃した。背後から襲われた時の反撃法として護身術の先生に教えられた一つは、自分の踵で相手の足の甲を踏みつけ、潰してしまうことだ。ハイヒールの踵なら効果的だが、思いきりやれば裸足《はだし》でも効く。

（この……！）

護身術の練習を思い出して右足で力いっぱい踏みつけた。

ドン。

充分な手ごたえと同時に、

「うあっ！」

足の甲を踏まれた強姦魔が苦痛のあまり、両手を離した。窒息寸前だったまり子は床に転がった。

「くそっ、うーっ。ゲホッゲホッ。ハックション！」

咳きこみ、くしゃみを連発しながら踏みつぶされた足を抱えて呻く強姦魔。その時、ドアがドンドンと打ち叩かれた。太い男の声だ。

「こら、開けろ！　おい、小田桐雅史。そこにいるのは分かっているんだ。ドアを開けて出てこい」

強姦魔がギクッと体をこわばらせた。

「クソッ、罠だったのか！」

そう叫ぶと、いきなり寝室へと駆けこんだ。ガラリと窓の開く音。

「窓から逃げたぞ！」

「追え！」

「逃がすな！」

アパートの周囲から男たちの叫び声があがった。ドタドタと駆け回る足音。

(なに？　どうしたというの？)

その時、バアンとドアが蹴破られた。何人もの人間が部屋の中に飛びこんできた。まり子はがっしりした腕に抱き起こされた。

「大丈夫だ、生きてる」

——その声を聞きながら、再びすうっと気が遠くなってしまった。

＊

鮎川まり子が意識を取り戻したのはベッドの上だった。まわりを見回すと病院の個室だ。夜明けが近いらしく、窓の外はぼんやりと薄明るい。

(私、入院しているんだ。いったい何が起こったのかしら……？)

やがて看護師と医師がやってきた。彼女は鎮静剤を注射されてぐっすり眠らされたのだ。

「用心のため、入院してもらっただけです。傷もたいしたことはないし、心配はいりません」

医師は声をひそめて優しい声で告げた。

「膣の中も洗浄しておきましたからね……」

医師たちが出てゆくと、入れかわりに老人が入ってきた。和服を着て、痩せて目つきが鋭い。同じように目つきの鋭い二人の男が随伴している。

女教師の枕元に立った老人は、柔和な微笑を浮かべて言った。

「私は清瀬といいます。あなたの担任している鹿沼まどかの父親をご存じかな？」

「ええ」

「うむ。私は鹿沼さんとも親しくしておる。あなたのことも耳にしているよ……。実は、私はちょっと警察関係の仕事をしておって、その、今度の事件のことであなたに説明しておいたほうがよいと思いましてな」

「はい。ところで小田桐雅史はあれからどうなったのですか？　捕まったのでしょうか」

老人はちょっと目を伏せた。

「それが、あなたのアパートから逃げだして、警官に追われて夢見山に登っていったのです。頂上までね……。あそこには戦争中に作られた高射砲陣地の跡がある。縦横にトンネルが走っていて、立ち入り禁止になっていることは、あなたもご存じでしょう？」

「ええ。子供たちが入りこまないように、学校では何度も注意していますから」

「ところが、子供というのは、ああいう廃墟《はいきょ》に入りたがるもんです。塞《ふさ》いでも塞いでも、彼らはいろいろな方法で中に入りこむ。また、われわれの知らない入り口がいくらでもあるんですな。換気口とか非常口とか……。雅史はあの迷路のようなトンネルの内部に詳しくて、私たちもずいぶんてこずらされましたよ。体は小さいし、すばしっこいですから」

「じゃ、最後は捕まえたんですね」

「それが、追いつめた所が崖《がけ》の上の換気口で、そこからはどこにも逃げ場がない。彼はそこから飛び降りたんです」

女教師はハッと息を呑んだ。

「飛び降りた……？　あの北斜面の崖は、高さが三十メートルはあります」

「そうです。助かりませんでしたよ、もちろん」

まり子は両手で顔を覆った。

「なんてバカなことを……。死ぬことはなかったのに……。私が悪かったんだわ。雅史が犯人だと分かったときに警察に届けていれば……」

老人が優しく彼女の肩を叩いた。

「いや、彼は死んだほうがよかったのかもしれません。親殺しの汚名を着て一生生きてゆくことを考えればね……」

まり子は目を丸くして老人を見上げた。

「親殺し？　なんですか、それは⁉」

老人はふうっと溜め息をついた。

「小田桐雅史は、両親を殺したんです。自分の手でね。助教授夫妻殺害事件の犯人は、実は彼らのひとり息子だったわけです」

「そんな……」

まり子は言葉を失った。清瀬老人はそれまでの捜査の経過を説明した。

「鹿沼さんにも教えたことなんだが、実は、小田桐夫妻はスワッピングの趣味があって、事件当夜、隣接したU――市の会計士夫婦とスワッピングをしておったんです」

――焼死をとげた大江健次という人物が『カップル・ライフ』誌に寄稿した手記を詳しく検討した捜査陣は、小田桐の妻である八千代が、しきりに「息子が早熟で、自分たちのことを隠しておくのに困る」と言っていたことに注目した。彼女はまた「息子はすでに精通して、自慰もしているようだ」とも言っている。

雅史は外見こそ少女のようにおとなしく見える少年だが、母親の言葉が事実とすれば、性的にたいへん早熟な子だということになる。

「最初は誰も、まさか被害者のひとり息子――当時九歳の雅史が犯人だなどとは思ってもいませんでしたよ。そりゃ、中学生なら親を殺した実例もありますがね。ところが大江手記が見つかって、これまでの見方が変わった。そこで、親とトラブルを起こしていなかったか、彼の祖父母からも話を聞いてみました。もちろん孫に容疑がかかっているなどとは露ほども知らせず、世間話という形でね」

老人夫婦はかねてから息子の嫁と仲が悪かったから、包み隠すことなく「嫁は孫とケンカばかりしていた」と打ち明けた。

雅史は天文学などの自然科学に興味をもっていたのに、父親も母親も彼を法曹界へ進ませ、自分たちの後継者にしようと考えていたからだ。まだ小学生のうちから息子の進路を決めてしまうのは無茶としかいいようがない。教育熱心な家庭であればあるほど、こういうことが起きるわけだが、子供は、今まで保護者として尊敬し愛してきた両親を、圧制者＝敵対者と見、時に軽蔑の念で親を眺めるようになる。

さらに悪いことに、雅史は偶然に父親の書斎から、彼が隠していたスワッピングに関する資料や記録、写真の類を発見し、盗み見てしまった。

「西洋では、親の性行為を子供に見られるのを『子供にジンを呑ませる』と言うそうですな。実際、小田桐夫婦は雅史に禁断の劇薬を呑ませてしまったのです。両親の秘密を知ってしまった雅史は、その瞬間に悪魔になってしまった」

自分に対しては世間一般の倫理、道徳、常識を説き、もったいぶった法律家の顔をして人々と接している父と母が、実は別の夫婦とオナニーショー、緊縛、鞭打ち、浣腸、肛門性交、三P、四P、レズビアン・プレイ……などの淫乱きわまりない性の饗宴《きょうえん》をむさぼっている。親に対する不信はここで極まった。しかも、雅史自身、性に目覚めて日夜、悶々として自慰に耽るようになっていた。もともと頭がよく、すでにドストエフスキーの小説なども読みはじめているほどの高い知能をもっていただけに、一旦《いったん》歪みだすと、彼の心はますます醜くねじれていった。

「まあ、どういう心理過程をへて両親の殺害を決意したか、それは他人には永久に分からんことでしょうが……」

老人の言葉に、まり子は『走れメロス』を読んだ雅史が言った「人間って、自分でも分からない部分がある」という言葉を思い出した。彼は自分の心の中に怪獣が潜んでいるのを知っていたから、メロスを否定したのだ。

雅史は、自分が祖父のところに泊まりに行かされる理由を知った。その夜は、別の夫婦がやってきて、両親と淫らな性の儀式を繰り広げるのだ。

老人の常として、雅史の祖父母は夜が早い。九時には寝床に入ってしまう。深夜、こっそり雅史が出歩いても気がつかない。事件の夜、雅史は自転車で夢見山の祖父の家から西城町の自分の家まで行った。自転車なら五、六分の距離である。大江夫妻と肉の悦びに耽っている姿をこっそり外から覗き見ていたのかもしれない。

真夜中、大江夫妻が帰ったあと、雅史は家の中に入っていった。その時、夫婦はまだ昂奮がおさまらず、ベッドで抱き合っていた。彼らがプレイで用いていた縄や手錠はそこらへんに散乱していた。まるっきり油断していた両親を金属バットで殴りつけ、失神させて自由を奪うのは、十歳にならない少年でも簡単なことだった。

やがて意識を取り戻した両親は、スワッピング直後のあさましい姿のままで居間に引き立てられた。父親は椅子に縛りつけられ、母親は中央の柱に立ち縛りにされた。二人とも全裸である。

「彼らは泣いて息子を説得したんでしょうな。『バカなことをするな、殺さないでくれ』と……。だが、懇願すればするほど醜く見えて憎悪はつのった。雅史は父親の見ている前で母親を犯し、それを見て心ならずも勃起した父親のペニスを切断した。それを口に咥えさせてから金属バットで頭を殴りつぶして殺した。母親のほうはもう少し嬲り責めにあってから、ストッキングで首を締められ、包丁で腹——特に性器の周辺をズタズタに切り裂かれて殺された。首を締められて意識を失ってから腹を裂かれたのなら救いもあったろうが、どうも逆だったらしい……」

老人の淡々とした説明を聞いているうち、まり子はめまいと吐き気を覚えた。

雅史は推理小説などもよく読んでいたから、自分が手を下したことが分からないよう、ゴムの手袋をはめ、大人用の運動靴を履き、あらかじめ裸になって両親を責め殺した。浴室で血を洗い清めてから服を着、こっそり祖父母の家に戻って、あとは知らぬ顔をしていた。家の中に残されていたのは、大江夫妻とのプレイの痕跡だったから、捜査はよけい惑わされた。それも計算していたに違いない。

「まあ、雅史に疑いをかけてから、それまでは西城町中心だった聞きこみを夢見山地区にまで広げた結果、真夜中に自転車を走らせている雅史の姿を見た人が見つかって、それでほぼ彼の犯行に間違いない、ということになった」

「そうですか……。私はそんなこと、夢にも思っていませんでした。ただ、彼の無邪気そうな外見の裏に何か邪悪な雰囲気を感じていましたけど……」

「ふむ。だが、あなたは鳴海淑恵が辞めたのは強姦されたからだと気がつき、さらに彼女の居場所をつきとめ、犯人の正体をつきとめようといろいろ努力されたようですな。最後には自分を囮にまでして罠をかけた。先生にしておくのは惜しい捜査能力をもっていますぞ。最後には雅史が犯人だという目星までつけたんだから。鳴海淑恵とはさっき電話で話しました」

「あの……、殺人事件の捜査をしていた皆さんが、私と鳴海先生の強姦事件のことを、どうして知ったのですか？　私が襲われていると知って、助けに駆けつけてくれたのはなぜですか？」

　老人はきまり悪そうに頭をかいた。

「正直言うと、そのことを知ったのは、あの直前なのです」

　雅史が犯人に違いないということで、家宅捜索の令状を持った捜査員が雅史の家に踏みこんだのだ。本来はもっと早くやるべきだったのが、容疑者が十三歳未満の児童なので、人権の配慮などで各機関との調整に手間どったのだ。

「雅史は在宅で事情聴取をするはずでしたが、帰宅を待っていても、いつまでも帰ってこない。じゃ、先に彼の部屋を調べようと、お祖父さん立ち会いでガサ入れをやったら、天井裏から、父親と母親が使っていたSMプレイの道具やら何やらが入っていた段ボール箱が出てきたんですわ」

「じゃ、彼が使っていたポラロイドカメラとか手錠というのは、その中に入ってたものなんですね？」

「そうです。そのほかにもう一つ別の箱があって、中には鳴海淑恵がレイプされた現場写真やら、脅迫に使ったヌード写真が出てきた。パンティも何枚か入ってましたな」

　捜査員たちは雅史の日記も隠し場所から発見した。小学校に入ってからつけ始めた日記は何冊にもなっていたが、両親殺害の計画から実行にいたるまでのすべてがそれに記入されていて、彼が犯人だという逃れられぬ証拠となった。大江健次の家に放火したのも雅史だった。彼が死んでくれたほうが、捜査を混乱させて都合がよかったからだ。

一番最近の記録を読んだ刑事は、雅史がさらに新たな犯行を計画、実行していたことを知って仰天した。鳴海淑恵のレイプに関する詳細が書きこまれていたのだ。しかも、鮎川まり子がそのことに気がつき、秘かにさぐりまわっていることを察知していた。昨日の日付では、こう書かれていた。

〝まり子先生はぼくが京太にいじめられないことを不思議がって、京太にさぐりを入れているようだ。彼女は京太の心をつかむのがうまい。京太はぼくが送った脅迫状のことをしゃべるかもしれない。しかも、まり子先生はどこかで淑恵先生と会っている。京太が「まり子先生は赤いアルトをゆずってもらったし、淑恵先生の住んでいたアパートに引っ越した」と言っていた。だとしたら淑恵先生がレイプされたことも知っているに違いない。きっと犯人を探そうとかぎ回っているのだ。ぼくが京太を脅迫したことと、淑恵先生を脅迫したことの共通点（ポラロイドカメラ、盗み撮り、パソコンの文面など）に気がつけば、ぼくがレイプした犯人だということが分かってしまう。まり子先生の口を封じるためにも、彼女をレイプしなければならない。明日、鹿沼まどかの家を訪問するというから、アパートに帰るのは遅く

なるはずだ。そこを待ち伏せしてやろう……〃

「ああ。それで、私のアパートに駆けつけて下さったわけですね」とまり子が言った。

「遅れてしまったがね……。あなたがレイプされる前に助けられなかったのは、慚愧《ざんき》の極みですわ。申し訳ない」

清瀬老人はふかぶかと頭を下げた。

「とんでもない。一歩遅れたら、私、締め殺されていたんですもの、感謝します。彼に襲われたのも、もとはといえば私の責任です」

しばらく考えこんでから、まり子は訊いた。

「でも……、私はともかく、鳴海先生はどうして雅史に狙われたんでしょう？　あんなに彼のことを可愛がっていたのに……」

「雅史は、鳴海淑恵に目をかけられればかけられるほど、負担になっていたんですよ。それに、彼女は容貌、体形とも母親にそっくりでした」

「そういえば、雅史のお母さんはスラリとした体形のスポーツウーマン的女性だったそうですね。いかにもキャリアウーマン的な」

「そうです。彼は鳴海淑恵の中に、殺したはずの自分の母親を見たんでしょうな。彼女も雅史かわいさのあまり、教育ママ的過保護に陥っていましたからね……」

　最後にまり子は訊いた。

「私と淑恵先生は警察に事情を聞かれるんでしょうか？」

　老人は首を振った。

「そのことは心配無用ですよ。犯人はすでに死亡しているんですから、警察が捜査する意味はありません。強姦は親告罪です。被害者のあなたたちが黙っていれば、事件はなかったことになります」

「…………」

　すべてを話し終えた清瀬という老人は、もの想いに耽るまり子を残して病室を出ていった――。

# 第十八章　娘と教師の寝室

直希は清瀬老人の家を訪ねた。老人は庭で盆栽をいじっていた。

「今日は何かね？」

「ちょっとお願いごとがありまして……」

「ほう。どういうことかな」

二人は縁側に向かい合って座った。

「実は、あの家庭教師もののビデオのことですが……」

「うんうん」

「うちの娘の担任になった先生によく似ていたけれど、ホクロがないので別人だろうと言いましたね。ところが、後で確かめたら、やっぱり本人だったのです。ホクロは、撮影のあとに手術して取ったんだそうです」

「おやおや。そうだったのか」

「本人は、学生時代にだまされて出演したと言っています。嘘か本当かは別として、彼女がああいうものに出演していたと分かれば、本採用されたとしても即クビです」

「だろうなあ」

「で、あのポルノビデオが、どれぐらいの量、出回っているものか、まだこれからも出回る可能性があるのか、調べる方法はないかと思いまして……」

老人はニヤリと笑った。

「鹿沼さんの本音は、あんなポルノは他人の目に触れてもらいたくない。できればこの世からすべて消滅させてしまいたい――というんだろう？」

直希は頭をかいた。

「そうです。ハッキリ言えば……」

「なかなか魅力的な女性じゃないか。性格もよさそうだし、何よりも子供好きだ。いい先生になれるぞ。いい奥さんにもな」

「驚いたな。彼女に会ったことがあるんですか？」

直希は、まり子が雅史にレイプされたことも、その後で清瀬老人がまり子に会ったことも知らされていない。まり子はそのことを永久に秘密にするつもりなのだ。

「いや、会ったことはないが、狭い町のことだ。人の話が耳に入る」

「で、ビデオの件は調べられるでしょうか？」

清瀬老人はニンマリ笑ってみせた。

「そうだ。この前、例の蛇の道はヘビの筋から情報が入ってな、あの家庭教師もの二本を扱った裏ビデオの販売元が摘発されたという話を聞いたな。そこの顧客名簿を押収して、あれを買った小売店から客まで一斉に手入れを受けたと聞いたよ。見つかる限りのあの作品は没収されて焼却処分されたんじゃないかな。まあ、出回ったのは関西方面が主で、本数も裏ビデオ作品としてはそんなに多くなかったようだ。画像が鮮明でないから、あまり売れなかったんだろうな。もちろん何本かはどっかに残っているだろうが、なに、何だかんだ言われても、他人の空似だ、知らぬ存ぜずで押しとおしゃいいんだ。心配することはない」

「へえー。それにしても偶然だなあ。あのビデオを扱った業者が捕まるなんて……」

直希は素直に感心しているが、実はそうではない。まり子と病室で会ったとき、清瀬老人の鋭い目は、彼女の目の下の微かな傷跡を見逃さなかったのだ。

老人が訊いた。

「ところで、小田桐雅史が崖から飛び降りて自殺したという事件の反響は、子供たちの間ではどうかね？　おたくのお嬢さんは、どう言ってるね？」

小田桐雅史が真夜中に夢見山に登り、旧陸軍の高射砲陣地跡の崖から飛び降りて死んだのは一週間前のことだ。遺書はなかったが警察では状況からして自殺とみているらしい。死後、彼の日記の中に、助教授夫妻殺害事件の犯人が彼だという記述が見つかって、マスコミは大騒ぎになった。

ただ、彼は死を決意した時に、なぜか日記の一部――六年生になってから死の当日まで――を破いて捨てているため、自殺の理由はハッキリしない。いずれにせよ、迷宮入りしていた殺人事件はようやく解決したわけだ。

「うちの娘は、もともと、あの子のことに無関心だったので、あまりショックを受けた様子はありませんね。『雅史くんは頭がよすぎて、いろいろ考えすぎたんだよ』なんて言ってます。頭がよくて優しかった彼に惹かれていた女の子たちは、泣いたり騒いだり大変だったそうですが、二、三日もしたら誰も何も言わなくなったそうです。子供たちは立ち直りが早い」

「ほう、そうかね」

老人は微笑した。直希が感想を述べた。

「警察も、雅史に関しては、灯台もと暗しでしたね。スワッピング関係者ばかり追って、一番近い肉親が犯人だったことに気がつかなかったとは……」

「まあ、小学校四年の子供が親を犯して惨殺するなどとは、いくら想像力がたくましい人間でも思いもつけないもんだよ。警察はよくやったほうだ」

　実際は違う。いつぞや直希が訪問したとき、警視庁の長沢警部と話していたのは、雅史をどのように〝処理〟するか、そのことを相談していたのだ。

　――あの夜、夢見山の頂上、高射砲陣地跡の崖に雅史を追いつめた時、手を下したのは清瀬老人だった。

　長沢警部が逃げ場を失った雅史を追いつめると、少年は観念して、両手をさしだした。その表情に悪びれたところはなく、微笑さえ浮かべていた。

「さ、捕まえてよ。ぼくは絶対に死刑にならないんだから……」

　背後の闇の中から清瀬老人がツカツカと進み出た。

「誰、あんた？　警察の人じゃないんだろう？」

　雅史は脅えた目で和服を着流しにした老人を見、後ずさりした。射すくめるような猛禽の目に恐れをなしたのだ。

「死ね、坊主」

　老人は少年の首根っ子をむずと摑むと、小柄な体をブンと振り回した。少年は悲鳴をまきちらしながら闇を落ちていった。グシャリと潰れる音が三十メートル下から聞こえた。

「これで、悪い種が一つ、消えましたな」

長沢警部が呟き、大声で怒鳴った。

「おーい、犯人が飛び降りた。自殺だ！」

――退職した元警視監、清瀬八郎の名を知るものは今や少ない。しかし、彼の現役時代の手腕を惜しむ上層部は、特別顧問という形で給与を払い、時おり彼の特殊な技能を借用している。つまり、法律では処罰できぬが、生かしておけば社会の害悪となる犯罪人を始末するという能力だ。そのことを知っているのは、警察庁長官、警視総監など、ほんのひと握りの幹部と、腹心の部下、長沢警部だけである。

（それにしても、十や十一の子供とは……。後味が悪いのう）

清瀬老人は何も知らぬ直希を前に、苦い茶を啜りながら口の中でぶつぶつと念仏を唱えた。

*

直希が家に帰ると、まどかはすでに帰っていて、台所からエプロン姿で出迎えた。

「なんだ、何か料理を作ってたのか？」

「うん。パパの好きなビーフ・シチュー」

「どういう風のふきまわしだい？」

「だってえ、今日はパパのお誕生日よ」

「あれっ、そうだっけ⁉」

三十六の誕生日を迎えた父親に、まどかはニッコリ笑ってみせた。

「パパ。とっておきのプレゼントがあるよ」

「それはうれしいな。いったい何？」

「キッチンに来て」

「どれどれ」

まどかの後についてキッチンに入った直希は、棒立ちになった。

「え⁉　まり子先生……。どうして……？」

鮎川まり子がエプロンをつけて料理をしているではないか。

「あら、お帰りなさい。留守中にお邪魔してます」

美人女教師は婉然と微笑して頭を下げた。まどかは父親に体をすりよせて言った。

「パパ。これが私のプレゼント。まり子先生にね、今日一日、ママになってもらうの」

「ママあ……⁉」

直希はショックを受けてしばらくものも言えない。まり子が説明した。

「まどかちゃんがお父さまの誕生日に何をプレゼントしたらいいか、相談に来たんです。だから、お父さまが一番嬉しがることをしてあげなさいって言ったら……」

まり子の頰がうっすら赤らんだ。直希はまどかを見た。クックッと嬉しそうに含み笑いをしている。

「だってえ、パパったらいつもまり子先生のことをボーッと見てるじゃない？　この前の家庭訪問の後、パパのシャツからまり子先生の匂いがしたよ」

ショックを受けた女教師が彼の腕に倒れこんできたとき、直希はあたたかく柔らかな体を抱きとめてやった。その時に香りが移ったのだ。それにしても敏感な娘だ。直希もまり子も赤くなった。

「こらこら。あんまり親に恥をかかすな……。驚いた娘だな、おまえは」

「気にいらなかった？　まどかのプレゼント？」

「そりゃ最高のプレゼントだよ。まり子先生がご迷惑でなければの話だけど」

「とんでもない、迷惑どころか光栄です」

「嬉しい！　二人とも喜んでくれて……。今夜は三人で水いらずのお食事よ」

直希は、この前盗み聞きしたとき、関口朋子が父親と一緒の入浴をプレゼントしたと言ったのを思い出した。まどかはそれをヒントにしたに違いない。

（それにしても驚かせる子だ。一日ママのプレゼントとはな……）

――誕生祝いの夕食は、まり子が加わったことで陽気で楽しいものになった。直希にとっては離婚して以来、一番楽しく賑やかな夕食に思えた。

ワインの酔いにほんのり頰を染めたまり子は、ことのほかあでやかに見えた。まり子が体を動かすたびに、薄い布地のパーティドレスをすかして高価な香水の芳香と共に、若くて健康な女体の匂いがふり撒かれて、それが直希の欲望をそそった。

まどかが席をはずした時、直希は尋ねてみた。

「大変だったでしょう。この一週間は……」

雅史が自殺し、両親殺害の真相が明らかになったことで、マスコミは夢見山小学校に殺到した。担任教師ということで、まり子も報道陣に取り囲まれる毎日だった。

「でも、二年前、別の学校にいた時のことですからね、『当時のことは知りません。こっちでは頭のよい子でみんなから好かれていました。今でも信じられません』の繰り返しです。ほかに言いようがありませんものね。『実は、どこかヘンなところがあるイヤな子だった』とも言えないでしょう？　まどかちゃんは敏感にそういうところを察知していたようだけど……」

「雅史のファンだった女の子たちはどうしました？」

「まあ、いい勉強だったんじゃないですか？　人間って、外見だけで判断できないものだということが分かって……。京太くんなんか『見ろ、人間を信じないからああいうふうになるんだ。何よりも大切なのは友情だぜ』って言ってますよ。確かにあの子、本当の友達っていませんでしたからね。メロスとセリヌンティウスのような……」

「それにしても、九歳か十歳ぐらいで、レイプが可能なほど性器が発達するものでしょうか……？」

まり子はこともなげに言った。

「早熟な子は、いま、八歳ぐらいから精通をみます。好奇心が強かったり周囲からの刺激があれば、自慰をすることで生殖器はどんどん成熟します。小学校で今一番の問題は、そういった性器早熟にともなう初交年齢の低下なんです」

「ということは、小学校のうちにセックスしてしまうと……？」

「そうです。京太くんなどは同級生の女の子にフェラチオさせて射精してます。ほとんど大人と変わりません。でも、最近の特徴は、知能の高い子が性的非行に走ることなんです。雅史の例がそうですけど、高い知能にひきずられる形で性器が成熟してゆくんです。これからは頭のよい子の性をどうコントロールするかが問題になってきました」

「だんだん心配になってきたなあ。まどかは大丈夫でしょうか？」

「小学校では、性の成熟度は女子のほうが高いんですよ。でも、まどかちゃんは肉体と精神がうまくバランスがとれて成長してるほうだと思いますよ」

「そうでしょうか……」

まどかが戻ってきた。

「まどか、もう遅いよ。まり子先生にはそろそろ帰っていただかないと」

父親が言うと、まどかは首を振った。

「先生はね、一日ママなんだから帰らないの。今日は泊まってゆくんだよ」

「えっ」

まり子を見ると、彼女は恥じらうように微笑した。

「いけません？　私、まどかちゃんと一緒に寝てほしいと言われて、仕度はしてきたんですが……」

「かまいませんよ、それは……。でも、迷惑じゃありませんか？」

ふいに直希の脳裏に、いたいけな少女をお仕置きし、愛撫しながら目を輝かせていた家庭教師の姿が浮かんだ。直希は下腹が熱くなるのを覚えた。

「かまいませんとも、大歓迎ですよ。まどかにとっても最高のプレゼントです」

――まり子はまどかと一緒に入浴した。実の母親と娘のように。浴室から聞こえてくる賑やかな笑い声を聞きながら、ふと直希は気づいた。

（まどかは、おれに彼女と結婚してほしいのだ）

ただ、まり子はレズビアンであり、少年愛、少女愛の傾向が著しい。自分でも成熟した男性との性交はうまくゆかないと告白している。それを考えると自信がなくなる。

(おれがプロポーズしても受け入れてくれるだろうか?)

入浴を終えた二人はまどかの部屋に入っていった。まどかのベッドの下に布団を敷き、まり子がそこにやすむ。直希の寝室は廊下を隔てて向かい側だ。蒸し暑い夜など、直希がトイレに立った時など、風が通るようにドアを少し開けている。直希は、ベッドに横たわる娘が布団をはねのけ、短い寝衣の裾から下着までまる見えの恰好で眠っているのを見て、ドキッとして立ちすくんでしまうことが何度もあった。

まどかの部屋からは若い女性と少女のおしゃべりやクスクス忍び笑う声がいつまでも聞こえていた。それもやがて静かになり、直希もトロトロと寝入ってしまった。

ふいにハッと目が覚めた。耳をすます。

「あ、うーん、うーん……」

少女の苦し気な呻き。風邪で発熱した時のような。もちろん、今聞こえるのはそうではない。

直希はそうっと廊下に出た。暑いという季節ではないのに、まどかの部屋のドアは少し開いていた。部屋の中はスタンドの豆ランプの明かりだけだ。

まどかはベッドではなく、まり子のための布団に仰向けに横たわっていた。ピンク色の短い寝衣の前はすっかりはだけ、白いパンティは片方の膝のところにからまっている。

白い、透きとおったナイロンのネグリジェを纏った美人教師は十一歳の教え子の少女の上におおいかぶさっていた。彼女の唇はとみにふくらみを増してきた少女の胸のふくらみに触れている。野いちごのように可憐な乳首を吸い、甘く噛んでやっていた。彼女の手はまどかの、まだ春草がほんのわずか萌えてきたばかりの下腹を優しく撫でている。爪を短く切りそろえた指が、縦にくっきりと走る谷間を割り広げ、その下の粘膜に触れていた。

直希は、その指先が小刻みに震え、蠢《うごめ》いているのを見た。割れ目全体が牛乳を薄めたような白い液で満たされて、淡い照明に光り輝く。

「あーっ、先生……っ。うっ、まどかヘンになりそう……」

少女が切ない甘い呻きを洩らしてずっと年上の女にしがみつく。

「いいのよ、まどかちゃん。ラクにしていて……。そう、心配ないから、もっと気持ちよくなるから……」

優しく、しかし熱っぽい言葉を貝殻のように可憐な耳朶《みみたぶ》に吹きこみながら、まり子は十一歳の少女の秘核を刺激しつづける。

「あーっ、いい、気持ちいい。先生……っ！」

まどかは歌うような泣くような声をあげて、妖精のように白く優美な裸身をぶるぶる打ち震わせた。ヒップをグングンと突き上げるようにして、自分の手でまり子の愛撫する手を押さえこむ。

「はあーっ……」

深い溜め息を洩らすと、ぐったりと力が抜け、浮かせたヒップをシーツに落とす。担任の女教師は教え子のふっくらした桃色の唇を吸った。

「どう？」

「こんなに気持ちいいの、初めて……」

「これがオルガスムスっていうのよ」

接吻しながら、まり子は少女の手をとって自分の下腹へと導いている。

直希は息苦しくなってそうっと自分の部屋にもどった。

眠られないまままどかの部屋の気配をうかがいつつ、目を瞑っていた。シンと静まりかえった。

（眠ったのか……？）

そう思ったとき、すうっと襖が開き、ネグリジェ姿のまり子が直希の布団に滑りこんできた。彼女の体からは成熟した女の熱気と芳香がむうっと立ちのぼっている。肌はじっとり汗ばんでいるようだ。直希におおいかぶさるようにして、唇に唇を押しつけてきた。

濃厚なディープキスのあと、独身の美人教師は囁いた。

「見てましたね？」

「…………」

「まどかちゃんが『オナニーのやり方を教えて』って言うんです。みんながイクっていうけど、自分には分からないって。だからイキ方を教えてあげたの」

直希の指はまり子のネグリジェの裾を掻き分け、まり子の下腹をまさぐる。パンティは着けていなくて、密生した恥叢はシナシナとして柔らかく、しかも長い。繁茂の丘を降ると温かい沼にゆきあたる。

「う……」

まり子は直希の首にしがみつき、浴衣の前をはだけ、ブリーフの下に指を入れてきた。直希のそれは怒張し、亀頭は濡れていた。ほっそり形のよい指がズキンズキンと脈打っている熱い肉茎を握りしめた。

「怖いんじゃないの？　男のこれ？」

「前はね……。でも、今は大丈夫ですよ……」

尿道口を親指の腹で撫であげられ、肉茎を根元から先端へ、また逆へとしごきたてる。

「む……」

直希は呻き、やにわに彼女を仰臥させると、ネグリジェをひき剝き、見事に盛りあがった弾力に富んだ乳房にむしゃぶりついた。

正常位で交わり、熱く甘く蕩け崩れるような、それでいて強靭な力で締めつけてきたりもする柔襞の感触を充分に堪能し、直希は発射した。結婚していた時はもっと単調だった。『桃色ドリーム』のさとみや、人妻娼婦の和子とベッドを共にしているうち、直希の技巧は知らず知らずのうちに磨かれてきて、まり子の熟れた体にも充分な効果をあらわしている。

(女遊びというのも、するものだな……)

まり子もあられもなくよがり声をあげ、直希にしがみついてきた。彼女の男性恐怖は克服されたらしい。ふいごのように上下する汗まみれのなめらかな下腹に自分の下腹を押しつけながら余情にひたっていると、まり子が囁いた。

「まどかちゃん、覗いていましたよ」

「ほんと？　いつから？」

「私も分からないけど、気がついたら襖が開いていて……。まどかちゃん、オナニーしながら見ていたようです」

「まいったな」

二人は体を離した。まり子がそっと階下に下りてゆき、濡れたタオルを手に戻ってきた。男の器官を丁寧に拭い清めてやる。

「静かだな」

まどかの部屋からはコトリとも物音がしない。

「こういう状態って、不自然じゃありません？　三人で楽しみませんか？」

汗に濡れた項や肩に黒髪をねっとり張りつけ、それがゾッとするほど凄艶なまり子は、ふだんだったら仰天するようなことを、サラリと言ってのけた。直希はびっくりした。

「えっ。そんなこと……」

「大丈夫。まかせておいて」

まり子はまどかの部屋に入っていった。小声で話しあっている。

(どうなってるんだ、今夜は……？)

混乱した頭で、直希は起き上がると浴衣の前をあわせた。

二人が入ってきた。まどかは含羞《はにか》むような微笑を浮かべている。

「さ、お父さんに最高のプレゼントを見せてあげようね」

まどかは布団の上で父親と向かい合ってちょこんと正座した。まり子は彼女の背後に回り、ネグリジェを脱がせてしまう。パンティは脱いでしまっていて、直希は甘酸っぱい匂いのする娘の全裸と対面した。

「うん、これは最高のプレゼントだね」

娘が、さっきまで三人で楽しんでいたトランプ遊びの続きのように、特に恥ずかしがる様子もなく、キラキラ輝く目で悪戯っぽく笑っているものだから、直希も遊戯を楽しむ気分になった。

「ほら、おっぱいもこんなになって……」

後ろからまどかを抱き締め、緩やかな丘を形づくっている乳房を揉みあげる。

「あ、ン……」

少女は甘えるような声を出し、うっとりした表情になる。

「生意気に乳首で感じるのよ、ホラ」

まり子の指がコリコリとピンク色の突起を弄ると、

「う」

少女はピクンと震え、目を閉じた。「はあっ」と熱い息を吐く。乳首がツンと尖ってゆくのが父親の目には驚異だ。

「今度は下も見せてあげるの」

少女は従順に足を広げる姿勢をとった。霞みのかかったように秘毛が萌えている丘の下へまり子の指が伸び、少女の谷間を広げた。

「お父さんも触ってみて」

「うん」

顔を近づけると酸味の強い香りが鼻を擽った。粘膜はベビーピンクに色づいてひくひくと震えている。父親の視線を感じてまどかは俯き、頬を紅潮させているが、忌避する表情はなく、陶酔の表情が濃い。二人の大人に挟まれて完全に自分の肉も心も委ねきっている。

「これ、見えます？　まどかちゃんの処女膜……」

「これがそうですか。へえ、かわいいものだな」

「かわいいでしょ。そのくせ、こんなに濡れてくるんです」

「ううむ」

「さっ、まどかちゃん、今度はお父さんのペニスを触って。よく知りたいんでしょう」

「うん」

娘は嬉しそうな顔をした。

「よし、見せてやるぞ」

直希は仰臥して浴衣の前をひろげた。ブリーフは脱いでいて、肉茎は屹立している。

「わ」

少女は驚異の目で父親のペニスを見、初めて犬に触る幼な児のように触れてきた。まり子が構造を教え、愛撫の仕方を教える。直希はまどかの体を抱いて自分の顔の上に跨らせた。まり子がまどかの顔を父親のペニスへと近づける。

「きれいだ」

直希は娘の秘裂を指で割り広げ、汚れのない粘膜に唇を押しつけた。

「や……ン」

まどかが驚いた声をあげた。まり子が誘導する。

「ほら、まどかちゃんもキスしてあげて……」

「む」

今度は直希が呻いた。柔らかい舌がからみつく――。

＊

夢見山小学校で六年三組の教え子を卒業させた補助教員の鮎川まり子は、その春、夢見山に新設された夢見山第二小学校教諭として採用された。春休みの間に彼女は鹿沼直希と結婚し、姓が変わった。

直希の娘まどかは、公立中に進学した。彼女のボーイフレンドは吉松京太だ。小学校時代から怖い者なしの少年は、入学そうそうに三年生の番長と決闘して倒し、この地区の番長連合から畏怖の念をもって迎えられた。彼に楯つく者はいない。その京太もまどかの前では子犬のようにおとなしい。

京太は時々、鹿沼家に泊まる。朝、二人は肩を並べて登校する。まどかは護衛の騎士を随伴する王女という印象を与える。

直希は運転免許をとり、自分の車で妻を学校まで送るのが日課だ。まり子は、とりわけ児童の性教育に熱心だという評判だ。

「まり子先生は、性教育の時間に子供たちの前で裸になって、自分の性器を見せて授業をする」という噂がたったことがある。父母たちは信用していない。楚々として気品のある、ういういしい新妻のエロティシズムに輝くあの女教師が、どうしてそんなことをするだろうか。

この作品は一九九八年十月フランス書院文庫に所収
された『女教師・露出授業』を改題したものです。

# 幻冬舎アウトロー文庫

●好評既刊
## 赤い舌の先のうぶ毛
館 淳一

処女の体液を飲むと絶倫になるという健康法のために、鍼灸師の浮田は美少女のいずみを監禁、金持ち老人の相手をさせる。まだ男を知らない可憐な体が、愛撫と折檻で、大量の愛蜜を滴らせる。

●好評既刊
## 地下室の姉の七日間
館 淳一

謎の男〝マル鬼〟のもと、大学生の秀人は〝愛奴製造工場〟でM女を調教する。ある日、秀人の姉・亮子が獲物に。潔癖症で、性を嫌悪していた姉が、わずか一週間で淫らなマゾ奴隷に変貌する。

●好評既刊
## 蜜と罰
館 淳一

少女の頃に預けられた伯父の家で、留守番の度に行われたお仕置き。浴室で緊縛・放置・凌辱される中で、歪んだ快楽を知ってしまった少女は、普通の行為では興奮しない大人の女性に成長した。

●好評既刊
## つたない舌
館 淳一

社内でレイプされた千穂は、その時の刺激を求めて働き始めたSM風俗店で客として来た叔父の昭彦と出会う。そして、彼に凌辱されることで言い知れない興奮を覚え、未知なる快楽に溺れていく。

●好評既刊
## 卒業
館 淳一

裕介は、結婚式を明日に控えた養女・ゆかりを抱きながら、これまでの情事を思い出していた。そして式当日、ゆかりに控え室に誘われた裕介は、養女との最後の快楽に溺れていく。

GENTOSHA OUTLAW BUNKO

# 皮《かわ》を剝《む》く女《おんな》

館淳一《たてじゅんいち》

平成21年6月10日　初版発行

発行人――石原正康
編集人――菊地朱雅子
発行所――株式会社幻冬舎
〒151-0051東京都渋谷区千駄ヶ谷4-9-7
電話　03(5411)6222(営業)
　　　03(5411)6211(編集)
　　振替00120-8-767643
印刷・製本―図書印刷株式会社
装丁者――高橋雅之

万一、落丁乱丁のある場合は送料小社負担で
お取替致します。小社宛にお送り下さい。
定価はカバーに表示してあります。


幻冬舎アウトロー文庫

ISBN978-4-344-41326-9　C0193　O-44-11